AF221408

Schlechte Comedy

JENS FISSENEWERT

Schlechte Comedy

Absurditäten einer Krebserkrankung

Bibliografische Information der Deutschen Nationalbibliothek:
Die Deutsche Nationalbibliothek verzeichnet diese Publikation in
der Deutschen Nationalbibliografie; detaillierte bibliografische Daten
sind im Internet über dnb.dnb.de abrufbar.

© 2021 Jens Fissenewert
Satz, Herstellung und Verlag: BoD – Books on Demand, Norderstedt
ISBN 978-3-7526-6087-6

Inhalt

Epilog: Maybeshewill

Ich stehe im Londoner Regen vor dem Koko. Die Schlange reicht fast einmal um den ganzen Block. Bei dem Konzert in Karlsruhe waren wir im Publikum vielleicht dreißig Leute. Die Band bat uns tatsächlich noch vor dem ersten Ton, näher zur Bühne zu rücken, damit sich die einzeln herumstehenden Konzertgäste in eine, wenn auch zierliche, Publikumsmasse verwandelten. Es tat mir damals ein wenig leid für die Jungs und gleichzeitig war ich trotzdem froh, so nah und im gefühlt privaten, wohnzimmerigen Rahmen das Konzert genießen zu dürfen.

Hier scheinen es deutlich mehr Besucher zu sein. Wie viele wohl? Ich bin unglaublich schlecht im Menschen-Massen-Schätzen. Vielleicht fünfhundert. Achthundert? Keine Ahnung, das Konzert ist jedenfalls ausverkauft (mit etwa tausendfünfhundert Gästen, wie mir das Internet am folgenden Tag verraten wird). Ich nähere mich dem Einlass. Regenschirm zu, Karte raus und rein zum Abschiednehmen.

Maybeshewill habe ich mit ihrem dritten Album entdeckt. Das wurde in einer Musikzeitschrift empfohlen und ich kaufte es in der Woche, als ich zum ersten Mal dachte, dass etwas nicht mit mir stimmte. Die beiden ersten Alben habe ich mir in der Woche vor Beginn meiner Chemotherapie bestellt. Maybeshewill sind meine Krisenbegleiter, waren immer dabei, beim Arzt, im Krankenhaus, auf dem Sofa, im Kopf sowieso. Das Konzert wird das letzte ihrer Karriere sein. Private Gründe. Vielleicht der Wunsch nach Familie und mehr Ruhe statt des Herumtourens. Wären etwa im passenden Alter, die Jungs. Sind alles Fantheorien, vielleicht hat sich die letzte Platte auch einfach scheiße verkauft. Aber ein Bandende zu Gunsten der Familienplanung könnte ich prinzipiell verstehen und als guten wie schönen Grund akzeptieren.

Anni ist beim ersten Versuch der Kinderwunschbehandlung schwanger geworden (meine natürliche Zeugungsfähigkeit ist leider während des Kampfes um meine Gesundheit auf der Strecke geblieben) und mittlerweile im siebten Monat.

»Flieg da hin!«

Sie hatte die Wichtigkeit der Nachricht und des sich daraus ergebenden Unternehmens wesentlich schneller durchschaut als ich. Denn ich saß fassungslos vor meinem Rechner und konnte die Trennungsnachrichten nicht so schnell verarbeiten. Das Ende einer Ära. Das Ende einer Band. Das Ende MEINER Band!

»Okay?«

Da war sie wieder, die fragende Überforderung mit der Situation. Ich schaute auf das Konzertdatum, zu Anni, ihrem Bauch, wieder zum Bildschirm. Falls mein Flieger abstürzen sollte, könnte Anni unserem Sohn später sagen:

»Dein Vater starb bei dem, was er liebte.«

Was für ein Quatsch, Fliegen mag ich aufgrund meiner leichten Flugangst doch überhaupt nicht. Da werde ich immer so hibbelig-schwitzig – schön ist das nun wirklich nicht.

Ich erinnere mich an einen Langstreckenflug von Bogotá nach Paris, den ich arbeitsbedingt nach einer Reise mit Anni verfrüht und alleine antreten musste. Neben mir saß eine mir vollkommen unbekannte Kolumbianerin und döste vor sich hin. Ich dagegen schwitzte vor mich hin, da unser Flieger direkt nach dem Start in bei mir Schwindel erregende Turbulenzen geriet. Wahrscheinlich zitterte die Maschine lediglich sanft, ich bin einfach sehr ängstlich in solchen Situationen. Dann sackte das Flugzeug gefühlte hunderte Meter in ein Luftloch und ich griff krampfhaft nach meiner Armlehne, einer unkontrollierbaren körperlichen Impulsreaktion Folge leistend. Wie der Zufall es wollte, lag die Hand meiner schlafenden Sitznachbarin entspannt und zitter- wie luftlochschreckresistent auf eben dieser Armlehne. Ich brauchte ein paar Sekunden, um meinen Schreck zu verdauen und blickte dann in die fragenden Augen meiner kolumbianischen Flugbegleitung, die erfolglos versuchte, ihre Hand unter meiner festkrallenden und schwitzigen Pranke hervorzuziehen.

Vielleicht, wenn ich mit Maybeshewill auf den Kopfhörern abstürze, da wäre dann schon durchaus Liebe und Leidenschaft im Spiel. Worüber denke ich hier eigentlich nach? Überlegt Anni wahrscheinlich auch, denn sie runzelte fragend die Stirn, um meine lange Stille sanft zu kommentieren. Also: Ich werde nicht abstürzen, sondern meine Chemoband gebührend verabschieden.

»Okay! Ich flieg da hin!«

Gleich zwei Ausrufezeichen. Ging doch.

Ich stehe im Konzertsaal inmitten von britischen Fans und trage mein leider sehr stark eingelaufenes Fanshirt, das ich Wochen nach meiner letzten Chemo beim Konzert im Karlsruher Jubez gekauft habe. Bevor mir meine als »Port« bezeichnete, implantierte Chemo-Einlaufhilfe entfernt wurde, konnte man diese unter dem Stoff als geheimnisvollen Knubbel über meiner rechten Brust wahrnehmen. Das Shirt sitzt wirklich sehr eng. Jetzt ist der Knubbel weg, nur eine eindrucksvolle (und wie ich finde, sehr coole) Narbe ist geblieben, aber die sieht man leider nicht durch das Shirt. Eigentlich wäre das schon sehr lustig und vor allem bedeutungsschwanger, wenn das Shirt an dieser Stelle durch den einjährigen Portdruck von innen etwas abgenutzter wäre. Dann würde sich irgendwann die Baumwolle klagend zurückziehen und den Blick auf meine schicke Portnarbe freigeben. Und das wäre dann das ultimative Symbol dieser Geschichte. Ich, mit Maybeshewill-Fanshirt und einem Kurz-über-Brust-Riss, der den Blick auf meine (tatsächlich recht imposante, weil einfach große) Portnarbe freigibt. Falls ich mal ein Buch über das Ganze schreiben sollte, dann habe ich schon eine Idee für das Cover. Oder gleich ein Film: »Der Hodgkin-Veteran«. Halte ich dann auf dem Filmplakat einen Beutel orange Chemobrühe in der Hand? Und wer wird mich spielen? Und Anni? Und Barbara? So viele Fragen, die ich auf später verschiebe, denn jetzt fängt das Konzert an. Die Setlist ist eine Art Krebstagebuch:

Zu »Take This To The Heart« bin ich rastlos während der beschissenen drei Diagnosewochen durch die Maisfelder der schwäbischen Pampa (wo Anni zu diesem Zeitpunkt arbeitete) gestreunt und versuchte die Situation ertragbarer zu rationalisieren.

»Co Conspirators« habe ich vollgepumpt mit orangem Chemo-Smoothie und entsprechend high bis unters Dach vor dem Heidelberger Krankenhaus beim Warten auf mein Privattaxi gehört und gefeiert.

Im Wald habe ich zu »The Paris Hilton Sex Tape« gedanklich meinen Besitz unter Familie und Freunden testamentarisch aufgeteilt. Nur für den Fall, war ja zu dem Zeitpunkt noch alles möglich.

Völlig schlapp und bewegungsunfähig habe ich Anni auf dem Sofa in unserer Heidelberger Wohnung von »… In Another Life When We Are Both Cats« vorgeschwärmt.

»He Films The Clouds Pt. 2« ist quasi die ganze Reise in einem. Der vermeintliche »Hit« (einer verhältnismäßig kleinen, eher unbekannten Band) ist mein Krebslied. Mein »Power-Song« zu Zeiten, als ich durchaus regelmäßig ein wenig Power vertragen konnte.

Ich hörte meinen Power-Song auch nach meinem letzten Besuch bei Frau Tenschert, die mir verkündete, dass ich jetzt – genug Zeit ist wohl nach meiner erfolgreichen Chemotherapie vergangen – nach der offiziellen Lymphdrüsenkrebs-Statistik als geheilt gelte und nun bitte einen Sekt aufmachen solle. Als ich ihr mitteilte, dass Anni nach einer erfolgreichen Kinderwunschbehandlung nun schwanger sei, hat sie mich in einem unkontrollierten Gefühlsausbruch umarmt. Meinen Plan, zum letzten Maybeshewill-Konzert nach London zu fliegen, segnete sie ebenfalls lächelnd ab.

»Machen Sie, was Ihnen guttut. Ich glaube, Sie haben dafür ein ganz gutes Händchen.«

Sie spielen »He Films The Clouds Pt. 2« als letzten Song der Zugabe, als letzten Livesong ihrer Karriere. Ich stehe mit Gänsehaut inmitten von begeisterten Fans. Mein mir unbekannter Nebenmann weint. Ich kurz darauf auch. Ich sehe meine Chemoband und gleichzeitig tatsächlich so ein

Film-Rückblenden-mäßiges Best-of meines Abenteuers vor meinem inneren Auge. Dann ist es vorbei. Robin auf der Bühne weint jetzt auch und verbeugt sich ein letztes Mal mit seinen Kumpels für und vor uns. Dann gehen sie ab, das Licht an, ich muss noch stehen bleiben und klarkommen. Das Fanshirt spannt. Die Zeit nach Maybeshewill beginnt.

Resident Evil

Wie zum Teufel bin ich nach Hause gekommen? Mein Auto steht auf dem Parkplatz vor der WG, ich sitze auf dem Fahrersitz und habe den Zündschlüssel in der Hand. Wie konnte Dr. Arschloch verantworten, dass ich in so einem Zustand Auto fahre?

»Die werden Sie jetzt erstmal komplett auseinandernehmen und dann wieder zusammensetzen«, echot es in meinem Kopf. »Strahlentherapie und/oder Chemotherapie, genau kann ich Ihnen das zu diesem Zeitpunkt nicht sagen.«

Ich denke erstaunlich pragmatisch. Ich rufe meine Chefin an und sage ihr, dass ich bis auf Weiteres nicht mehr zur Arbeit kommen werde. Weil ich anscheinend etwas Schlimmes habe, was nach einer Chemotherapie und langer Zeit im Krankenhaus verlangt. Sie sagt irgendwas Verständnisvoll-Besorgtes. Ich habe keine Ahnung, was genau. Ich lege auf.

Dann rufe ich bei meinen Eltern an. Beide sind zu Hause und haben anscheinend auf meinen Anruf gewartet. Mein Vater ist Radiologe und hat wahrscheinlich schon lange vor mir gewusst, dass mein Gesundheitsstatus gerade ganz und gar nicht in Ordnung ist. Dafür nimmt er jetzt die Zügel in die Hand.

»Pack deine Sachen, für länger. Wir holen dich ab – alle weiteren Untersuchungen organisiere ich. Wir sind in fünf Stunden da.«

Ich stimme zu, vollkommen in Schocktrance, und stehe plötzlich in meinem Zimmer. Meine Mitbewohner Jona und Michi höre ich aus der Küche und denke, dass ich die beiden wohl über meine spontanen Urlaubspläne nach Bonn aufklären sollte.

Beide schauen mich erschrocken an, da ich anscheinend irgendwas zwischen leicht und vollkommen derangiert wirke. Erst stammelnd, dann weinend erzähle ich meine Situation und beide stehen sie da, fassungs- und sprachlos. Dann sagen sie lauter nett gemeinte Dinge, die völlig an mir vorbeiziehen, da ich nicht mehr richtig aufnahmefähig bin. Jona nimmt mich in den Arm, ich weine, er wiederholt irgendwelche wahrscheinlich netten und einfühlsamen Dinge. Irgendwann, vielleicht nach Sekunden, vielleicht nach einer halben Stunde, lasse ich ihn los und fühle mich ansatzweise aufnahmefähig.

»Wenn du dich nach dem Packen ablenken willst, können wir gerne 'ne Runde zocken«, schlägt Jona mit schon fast absurdem Ernst in der Stimme vor. Ich nicke mit zitternden Lippen. Und gehe zum Packen in mein Zimmer.

Mein Rucksack steht vor mir auf dem Boden und ich frage mich, was ich wohl alles vergessen werde. Und was ich überhaupt brauche. Was packt man denn ein, für eine Reise ins Ungewisse? In jedem Fall einen MP3-Player. Ohne den geht gar nichts, auch kein Abschied in die ewigen Jagdgründe. Ob ich vielleicht zwischendurch Lust haben werde, ein neues Buch anzufangen? Was sind wohl praktische Krankenhausklamotten »für länger«? Und wie lang ist das eigentlich? Und der Gaming-Laptop? Für so einen Moment sollte es Listen geben, denke ich und google mein Dilemma. Ich finde leider keine brauchbaren Tipps. Lediglich, wie ich meine Arbeitsvertretung »vernünftig« regeln kann. Die ist mir gerade aber so was von egal, ich habe die Verhaltenskategorie »vernünftig« beim Verlassen der Schreckensnachricht-Praxis hinter mir gelassen und packe einfach mal ein, was mir in meinen wirren Kopf schießt. Falls das Ganze gut ausgehen sollte, werde ich eine Packliste für genau so eine Situation schreiben. Hoffentlich darf ich irgendwann diese Packliste schreiben! Wenig oder sehr viel später – mein Zeitgefühl ist komplett aus den Angeln gehoben – ist mein Rucksack maximal schlecht gepackt und platzt aus allen Nähten. Mehr ist in diesem Fall bestimmt mehr, denke ich und überlege dabei, dass dieser Titel eine tolle URL für meine Packliste wäre. Ich schreibe mir eine Notiz ins Handy »mehr-ist-mehr. de kaufen!«

Dann klopfe ich an Jonas Tür. Wir spielen *Resident Evil 5* zusammen. Jona ist ein muskelbepackter Schönling (im Leben wie im Spiel) und ich verkörpere eine ansehnliche Dame namens Sheva. Zusammen versuchen wir den schier unerschöpflichen Zombiehorden Herr zu werden und schießen, schlitzen und schlagen uns durch die Untoten.

Ich stelle den Umständen entsprechend verblüffend amüsiert fest, dass meine Gedanken ausschließlich um die Vernichtung des tödlichen Kettensägen-Duos kreisen und nicht um meine ungewisse gesundheitliche Zukunft. Jona und ich waren nie besser. Mit jedem Schuss und jedem gefallenen Zombie steigt meine Stimmung und erst ist Jona verhalten verblüfft über Eifer und Spielspaß meinerseits, dann lässt er sich anstecken und wir zocken uns in einen blutigen Rausch.

Irgendwann klingelt mein Wecker und signalisiert, dass meine Eltern gleich ankommen dürften. Wir stehen gerade in einem Sumpf und erwehren uns der hungrigen Krokodile mit vereinter Feuerkraft. Den Zombies am nahegelegenen Pier wachsen Insekten aus dem Kopf. Irgendwo wird schon wieder eine Kettensäge angelassen. Ich lege den Controller zur Seite und stehe auf. Jona sieht mich an und nickt mir zu. Falls wir uns nicht wiedersehen sollten, hatten wir definitiv einen schönen letzten Nachmittag miteinander. Ich blicke nochmal zum Fernseher und dem pausierten Spiel, dann zur Hülle des Spiels auf dem Tisch. *Resident Evil* – das ist wirklich so absurd passend, das glaubt mir doch niemand. Ich hoffe inständig, dass ich das irgendwann noch jemandem erzählen darf.

Familienkapsel

Wir weinen alle erstmal eine Weile vor uns hin, dann sagt mein Vater so antriebslos und leise, wie ich ihn sonst noch nie erlebt habe:

»Na dann mal los.«

So ähnlich habe ich ihn zuletzt reden hören, als wir familiär Händchen haltend am Grab meines Großvaters mütterlicherseits standen und alle nicht so recht wussten, was auf einer katholischen Beerdigung in welcher Reihenfolge abzulaufen hatte und ob uns das in irgendeiner Form überhaupt interessieren sollte. Meine Mutter wirkt tatsächlich auch so wie bei der Beerdigung ihres Vaters. Sie weint am längsten von uns dreien.

Kurz darauf sitzen wir in der elterlichen BMW-Bonzenschleuder (von mir liebevoll-spöttisch »Lord BoSchl« getauft und von meiner Mutter begeistert angenommen sowie konsequent benutzt) und verlassen das bereits dämmernde Coburg in Richtung Autobahn nach Bonn.

Wann saßen wir das letzte Mal in der Dämmerung gemeinsam im Auto? Beim letzten Familienurlaub mit dem Campingbus in Frankreich wahrscheinlich. Da war ich fünfzehn. Es fühlt sich so ein bisschen an wie damals, denke ich. Die Lichter der Stadt im elterlichen Auto flackern wie eine Diashow vergangener Tage. Ich sitze vollkommen emotional überfordert und erschöpft auf dem Beifahrersitz (Mama: »Du hast doch so lange Beine – ich geh nach hinten!«) und sinniere über unsere vergangenen Familienurlaube. Hinter mir schnaubt meine Mutter in ihr Taschentuch. Neben mir blickt mein Vater mit starrer Miene auf die Straße. Die Umstände könnten nicht beschissener sein, und doch genießt irgendein Bereich meines Hirns diese unerwartete familiäre Nostalgiezusammenkunft.

Wir fahren eine Weile schweigend, da keiner von uns weiß, wie man sich bei so einer unkatholischen Krebsdiagnose verhält. Oder ob das nicht alles total egal ist. Allerdings bin ich in diesem Beispiel ja die Masse an katholischem und passivem Druck erzeugenden Beerdigungsgästen, wie absurd ist das eigentlich. Ob mein Großvater jetzt gesagt hätte, dass meine Erkrankung so eine Art Prüfung von oben sei? Ich hoffe nicht, ich glaube es eigentlich auch nicht. Ich denke, es hätte ihn in einem Maße fertiggemacht, dass ich irgendwie froh bin, ihn damit zu verschonen. Da meine Eltern also laut meinem überforderten Hirn sich schlicht nicht trauen, irgendwas zu sagen, muss ich die Konversationsleere im Innenraum von Lord BoSchl füllen.

»Und, wart ihr in letzter Zeit nochmal im Kino?«

Stille neben mir, Stille auf der Rückbank.

»Als das einzig lebensbedrohlich erkrankte Familienmitglied verlange ich nach trivialer Unterhaltung.«

»Wir haben letztes Wochenende den neuen Lars von Trier gesehen.«

Meine Mutter antwortet verheult, aber gefühlt erleichtert ob der klaren Gesprächsvorgabe.

Ich: »*Melancholia*? Vielleicht war das ein Omen?!«

Mama: »Jensi!«

Wie immer, wenn überfordert, flüchte ich mich in Blödelhumor und mache es dementsprechend nachvollziehbar etwas anstrengend für meine liebenden Eltern. Vielleicht sollte ich mich etwas zügeln, den beiden zuliebe.

»Sieht man da nicht Kirsten Dunst nackt?«

Es geht nicht. Ist das jetzt eine klassische Übersprungs- handlung? Oder sind meine Eltern jetzt die katholischen Greise auf der Beerdigung meines Großvaters und ich ver- stoße gegen die ungekannte Etikette?

»Scheiße!«

Mein Vater meldet sich lautstark zu Wort und schlägt mit beiden Händen auf das Lenkrad. Ich denke ganz kurz, dass das jetzt so ein Filmmoment ist, dass alles rausbricht aus Papa, der in die Dunkelheit starrend die Situation ge- wälzt hat und sie schlichtweg nicht mehr erträgt. Aber das ist es nicht.

Vor uns schlängeln sich statische rote Rücklichter bis zum Horizont. Wir halten an. Ein paar Autos vor uns stehen auf der Autobahn und Leute rauchen, telefonieren, schlendern.

»Das scheint wohl länger zu dauern«, melde ich mich mit detektivischem Scharfsinn zu Wort. Es dauert länger. Es dauert tatsächlich drei Stunden.

Der Stau löst innerhalb von Minuten meine Krebsdiag- nose als den gemeinsamen Feind ab. Da ich ja bereits schon zuvor meine Bereitschaft für trivialere Themen als lebens- bedrohliche Krankheiten kommuniziert habe, kommen meine Eltern nun flott mit ins Boot, aus dem Wagen und wir spielen das komplette Theaterstück »Familie im Stau«:

»Da bewegt sich gar nichts!« Papa deutet wage in Rich- tung Horizont.

»Dann können wir uns ja die Füße vertreten gehen.« Mama lehnt sich seufzend ausatmend an Lord BoSchls Seite.

»Ich geh mal pinkeln«, sage ich und gehe pinkeln.

Nach etwa einer Stunde beschließen wir, etwas zu schlafen. Ich weiß nicht, ob die beiden wirklich eingeschlafen sind, ich bin es natürlich nicht. Ich sitzliege auf meinem halb heruntergefahrenen Vordersitz und schaue auf meine eventuell simulierenden Eltern. Und es ist hier in diesem Moment, dass mein Hirn umschaltet von »Was zum Teufel passiert gerade mit mir und was soll ich tun?« zu »Lass Mama und Papa einfach machen«. Ich fühle mich auf die allerbeste Art und Weise jetzt auch in Sachen »Nicht Draufgehen« bestens betreut. Papa wird seine Ärzte-Kumpels abtelefonieren. Mama wird mit mir von Termin zu Termin fahren. Abends werden wir Wein trinken. Vielleicht wird alles wieder gut werden. Und: Ich sollte schleunigst *Melancholia* sehen. Kirsten Dunst! Nackt!

Benebelt in Bonn

Ich bin mit meinem im Nachhinein überraschend gut gepackten Reiserucksack wieder bei meinen Eltern eingezogen. So fühlt es sich an, es ist wie früher. Meine Mutter kümmert sich um meine Wäsche und die Mahlzeiten. Abends sitzen wir zu dritt bei einem Glas Wein im Wohnzimmer und quatschen. Ich bin quasi wieder ein Teenager, da Job, Steuererklärung und Ähnliches aus meiner akuten Lebensphase einfach verschwunden sind. Ich bin nur hier, mein altes Leben in Coburg hat einfach aufgehört zu existieren. Was nicht ganz in meine Erinnerungen an meine Jugend bei meinen Eltern passt, sind die ganzen Arztbesuche, meine oft weinende Mutter, mein sehr ernst dreinblickender Vater und die Gespräche über meine Gesundheit. Und meine Todesangst.

Mit jedem Arztbesuch wird mir ein wenig mehr klar, dass, falls die Kacke so richtig am Dampfen sein sollte, meine Überlebenschancen eventuell recht mickrig sein könnten. Die ganze Beschäftigung mit meinem möglichen Ableben macht komische Dinge mit mir.

Anni ist zu Besuch und wir gehen durch die Stadt, um einfach irgendwas zu machen. Die heutigen Arztbesuche sind erledigt, es ist traumhaftes Wetter, die Menschen tummeln sich in den Außenbereichen von Cafés und Kneipen. Ich halte Annis Hand, da ich sonst sehr wahrscheinlich verloren gehen würde, in der Stadt, in den Menschen, aber vor allem: in mir. Ich fühle mich so gar nicht Teil dieses ganzen spätsommerlichen Frohsinns, dackele einfach wie ein trotziges Kind an Annis Hand durch die Fußgängerzone und sinniere über Leben und Tod.

Dann passiert etwas Merkwürdiges: Alles um mich herum wird leise und verschwindet in einer Art Nebel. Der ist allerdings nur da, wenn ich nichts fokussiere. In dem Moment, wenn ich mir visuell meine anscheinend mittlerweile auch Geisteskrankheit bestätigen will, kann ich wieder klar sehen. Nur ist mein normaler Zustand so dermaßen nichtkonzentrativ und fokussiert, dass ich nach einigen Minuten an Annis Hand in einer kleinen Realitätsblase durch den nebelig gedämpften Spätsommerwahnsinn Bonns gleite. Ich nehme auch kaum noch Geräusche oder Stimmen wahr, der Nebel schluckt einfach alles, was um mich herum geschieht. Was der Kopf so alles macht, wenn er mit der Gesamtsituation überfordert ist, denke ich. Im Grunde genommen einfach Reizreduktion, da mein Hirn sonst wahrscheinlich explodiert oder implodiert oder sonst irgendwie abschaltet. Welch charmanter Schutzmechanismus, die Welt um mich herum dafür in wattigen Nebel zu packen. Es sind Erkenntnisse wie diese, die mich in diesen Tagen lächeln und meine Mutter weinen lassen.

Wir setzen uns in ein Café und bestellen Wein. Alles ist jetzt erlaubt, keine Verpflichtung zwingt mich zur nachmittäglichen Nüchternheit. Die Realität ist entweder unerträglich oder vernebelt, also gerne ein Rausch, vielleicht ändert das irgendwas zum Besseren. Während wir auf den Wein warten, öffnet sich die Tür in unsere Nebelblase und Henning, mein ältester Schulfreund, kommt herein.

»Ich frag jetzt besser nicht, wie es dir geht.«

Er kennt die ganze Geschichte natürlich schon und ich erkläre ihm rasch, dass ich gerade wirklich neben der Spur bin und ein alkoholinduzierter Rausch mir als eine sinnvolle Gegenmaßnahme zu meiner fortschreitenden Vernebelung erscheint.

»Wunderbar, ich muss heute eh nicht mehr arbeiten!«

Henning ist ein schönes Beispiel unserer »Gestern Computernerd, heute Großverdiener«-Generation und hatte bereits eine eigene Firma, als wir noch zivildienstleistend unser Hirn nach Berufsperspektiven durchforsteten, die im besten Fall größtmögliche Leidenschaftsschnittmenge aufweisen sollten. Ich weiß nie so genau, an was er gerade arbeitet und wie gut oder schlecht es seiner Firma geht, aber er hat immer Geld und Lust auf alkoholische Getränke, bevor die Sonne untergeht. Na dann!

Nach dem ersten Glas Wein lässt Anni uns Jungs ein wenig Nostalgiefreiraum und trifft meine Mutter für ein wenig Krisen- und Schwiegershopping in der nahegelegenen Einkaufsstraße. Henning und ich trinken erst ein zweites, dann ein drittes Glas und sind bei den ganz großen, intellektuellen Themen angekommen.

»Julia aus der B hab ich letztens beim Zahnarzt getroffen. Die ist jetzt 'ne Tonne!«

Es ist einfach herrlich. Und während wir so unsere gemeinsamen KlassenkameradInnen von früher liebe- und niveauvoll auf Neuigkeiten durchkämmen, bemerke ich: Der Nebel ist weg!

Und ich habe tatsächlich bestimmt eine halbe Stunde nicht über meine Sterblichkeit, die blöde Krebsscheiße und Gesundheitsperspektiven nachgedacht. Was ich jetzt natürlich gerade wieder tue. Mist! Aber es geht, ich kriege die Kurve locker zum Nostalgieblödeln mit Henning. Wir bestellen noch einen Wein und ich frage mich irgendwann, ob das der Grund ist, weswegen Menschen Alkoholiker werden. Wenn das eigene Leben so scheiße ist, dass die Nebelblase zuschlägt und man ohne Volksdrogen nicht mehr normal in und auf die Welt schauen kann. Das passt jetzt aber überhaupt nicht zu unserer beschwingten Unterhaltung, denke ich und frage Henning lieber etwas Substantielleres:

»Und hast du die Jana aus unserer Klasse nochmal getroffen. Die sah ja damals immer richtig scheiße aus.«

»Ja, hab ich. Sieht immer noch scheiße aus.«

Das sind dann so Konstanten, an die ich mich beschwipst und gerne klammere.

Business Punk

Mein Krankenhaus liegt direkt am Waldrand und heißt deswegen auch einfach nur Waldkrankenhaus. Hier darf ich ein paar Tage verbringen und mir ein Stück Lymphknoten zur weiteren Untersuchung und Bestimmung meiner Krebsvariante entnehmen lassen. Mit mir auf dem Zimmer liegt Björn. Björn ist Unternehmensberater, mein Alter, und muss irgendwas in seiner Nase richten lassen. Nachdem er mich einmal nach meinem Krankheitsbild gefragt hat und ich ihm, so gut es geht, versucht habe zu erklären, was wahrscheinlich Sache ist, war das Gesprächsthema »Und warum bist du hier?« aufgrund seiner Betroffenheitsstarre durch. Stattdessen erzählt mir Björn einen Schwank aus seinem Arbeitsleben, welches so gar nichts mit meinem zu tun hat. Er habe immer ein ganz bestimmtes Fitnessvideo auf seinem Laptop dabei, das mache er nach Möglichkeit jeden Morgen vor dem ersten Termin.

»Braucht nicht viel Platz, geht in jedem Hotelzimmer.«

Er scheint wohl auch nahezu jeden Morgen Zeit für die geplante Hotelzimmerturnerei zu finden, so durchtrainiert wirkt er unter seinen offensichtlich sehr teuren Krankenhausklamotten. Was Björn so erzählt, spielt sich sein Arbeitsleben (leicht übertrieben) etwa jede Woche auf einem anderen Kontinent ab. Am Laptop sitzt er meist im Flugzeug, da er danach keine Zeit mehr dafür hat. Es müssen ja Kunden beraten und Muskeln gestählt werden. Jetzt hat er sich Urlaub für seine Nasen-OP genommen. Irgendwas funktioniert da nicht mehr so richtig mit der Nasenscheidewand und muss gerichtet werden, damit er wieder vernünftig Luft bekommt. Ich spare mir die Nachfrage, ob das vielleicht vom vielen Koksen kommt, wie ich es in diesen Gehaltsklassen für üblich vermute. Björn sieht allerdings auch gar nicht aus wie Held Stuckrad-Barre auf Abwegen, eher unanständig frisch und gesund. Wie wir zwei nicht unterschiedlichere Leben führen und Gesundheitsprobleme beherbergen könnten, denke ich mir. Ich mag Björn, er ist angenehm selbstironisch und unaufgeblasen in den Erzählungen seiner Karriere. Ich glaube, für Menschen wie Björn gibt es überhaupt den Begriff »Karriere machen«. Er macht sie gerade.

Vor unserem Krankheitsgespräch hatte Björn mir noch eine Zeitschrift geschenkt, die ihm seine Mutter ans Krankenbett gebracht hat. Der Titel der Zeitschrift lässt mich über den Inhalt grübeln: *Business Punk*. Ich blättere durch die papiergewordenen Ramones der Geschäftswelt und kann mich beim besten Willen nicht ansatzweise genug konzentrieren, um die punkigen Business-Strategien nachvollziehen, geschweige denn, unterhaltsam finden zu können. Ist ein Business Punk nicht eigentlich eher jemand, der sein Geschäft als Kapitalismuskritik willentlich an die Wand fährt und sich in den Trümmern sitzend ein Bier aufmacht? Laut dieser Zeitschrift nicht. Die Punkigkeit liegt in Björns Welt tatsächlich in so Dingen wie »Nicht fett und trotzdem Topmanager sein« oder »Den Social-Media-Faktor trotz Unabwägbarkeiten nutzen«.

»Zwo, eins, Risiko!« darkwing-duckt es mir durch den Kopf.

Vielleicht ist Björn aber auch einfach ein bisschen punky, weil er auf das Einzelzimmer verzichtet und sich ins Hardcore-Doppel mit dem Krebspatienten eingebucht hat. Vielleicht bin ICH der Selling Point, die Ware, ein Produktmerkmal. Was für eine lustige Vorstellung:

Topmanager, die sich aufgrund von zu viel Kokainkonsum (das nehme ich jetzt doch mal an und das Bild ist einfach schöner, als was auch immer Björn wirklich hierherführt) die Nasenscheidewand wieder restaurieren lassen müssen, können dabei als Blickwinkel erweiterndes Firmenevent quasi das Zimmer mit einem Schwerkranken teilen. Der Übertrag ins Arbeitsleben ist natürlich schwierig, wie bei den ganzen erlebnispädagogischen Maßnahmen. Jedenfalls kann Björn danach mindestens zu später Stunde an einer teuren Hotelbar flüstern »I have seen some shit«. Der Shit bin in dem Fall dann ich. Aber den Grad/die Größe des Shits, den weiß ich erst nach der bevorstehenden Lymphknotenentnahme.

Meine Operation ist für den kommenden Morgen angesetzt und so habe ich noch einen Nachmittag Zeit, mich bei einem ausgedehnten Waldspaziergang mit der eigenen Sterblichkeit auseinanderzusetzen. Ich bin in einer bisher ungekannten Mischung sowohl pragmatisch (»Lieber nur dem Rundweg folgen, in meinem Gemütszustand verlaufe ich mich bestimmt schnell, da ich mir keine Abzweigungen merken kann.«) als auch existenziell aufgewühlt (»Was wäre, wenn ich noch sechs Monate, sechs Wochen, sechs Tage … Nee, sechs Wochen wären bestimmt das Minimum, ich fühle mich ja eigentlich noch völlig fit!«). Ich habe Maybeshewill auf den Ohren und schlendere durch einen wirklich beeindruckend schönen Wald. Oder nehme ich das nur so wahr, weil ich jetzt die kleinen Dinge plötzlich mehr zu schätzen beginne? Das ist jetzt wohl meine Version eines Disney-Songs, denke ich zu den wunderschönen Klavierakkorden über wuchtigem Schlagzeug- und Gitarreneinsatz meiner musikalischen Neuentdeckung. Fehlen nur noch die Waldtiere, die mehrstimmig über meine geschundene Psyche im Lichte eines eventuellen Ablebens singen. Was werden mir Bambi und Klopfer wohl Sinnstiftendes raten, damit ich wieder die Kontrolle über Leben und Gedanken zurückerlangen werde? Be prepared? Everybody wants to be a cat? Hakuna Matata? Ich schaue auf meinem MP3-Player nach dem Titel des aktuellen Lieds. »The Paris Hilton Sex Tape«. Na gut, vielleicht sollte ich mich damit ablenken. Vielleicht bringt mir ein schlecht ausgeleuchteter Privatporno die erhoffte Ruhe im Kopf. Ich beschließe, bei Gelegenheit mal das songtitelgebende Sex-Tape aufzuspüren und anzusehen.

Falls ich die Sache tatsächlich nicht überleben sollte, wer bekommt dann meine CDs? Ich beginne in Gedanken eine Liste anzufertigen und verteile mein Hab und Gut unter Familie und Freunden entsprechend unseren jeweiligen Verbindungen. Das schafft erstaunliche Klarheit in meinem Kopf und nachdem ich alle meine materiellen Charakterzüge verteilt habe, fühle ich mich ein ganzes Stück besser.

Ist das jetzt ein Testament?

Ich stelle mir vor, wie alle Bedachten vor einem Notar sitzen, der meinen letzten Willen verkündet:

»Das Album ,Dookie' von Green Day geht an Frau Straehler-Pohl, damit sie jetzt auch das entsprechende Album zur Basket-Case-Single hat, die Herr Fissenewert ihr zum fünfzehnten Geburtstag schenkte.

Herr Engelmann und Herr Kracht – Ihnen beiden vermacht Herr Fissenewert diesen Kassettenrekorder, zu dessen Klängen Sie oft und gerne als Jugendliche zu viel Bier und andere Alkoholika konsumiert haben.

Herr Mühlenweg, Sie bekommen den Gaming-Laptop, auf dem Sie zusammen *Portal 2* gespielt haben.«

Die gedankliche Beschäftigung mit der Verteilung meines Hab und Guts bringt erstaunlich schnell die wesentlichen Verbindungen zu Familie und Freunden auf den Punkt. Ich mache mir eine Notiz in meinem Handy, dass ich nur an Menschen ausschütte, die sich in den kommenden Wochen (vielleicht ja auch Monaten!) bewähren. Zu viele Geschichten gehört, gesehen, gelesen, in denen sich Freunde in der lebensbeendenden Krise abwenden oder irgendwie scheiße verhalten. Bis zum (hoffentlich erfolgreichen statt) bitteren Ende erwarte ich Einfühlungsvermögen und Gesprächsbereitschaft. Das sollte ja wohl drin sein.

Ich schlendere weiter und fühle mich erstaunlich gut. Ich glaube, so habe ich mich zuletzt als Kind gefühlt, als ich mit meinen Eltern und der Hausgemeinschaft in den Campingurlaub gefahren bin. Jede Alltagsfaser blieb in Bonn zurück, keinen Gedanken habe ich für die Zeit unseres Urlaubs an Schule, Freunde, ja irgendetwas Alltägliches aufgebracht. Wir Kinder waren zu hundert Prozent auf unserem Campingplatz, unsere Gedanken kreisten um Wellenbaden, Sandburgenbauen und Höhlen-in-den-Felsen-der-Bucht-Entdecken. Als Erwachsener fiel es mir leider mit wachsender Verantwortung in der Arbeitswelt immer schwerer, mich in meiner Freizeit gedanklich so vom Alltag zu verabschieden.

Aber jetzt? Ich habe das Gefühl, dass ich noch nie so im Hier und Jetzt war wie in diesem Moment. Arbeit? Völlig irrelevant! WG-interne aktuelle Themen? Egal! Rechnungen, Steuer und »Das wollte ich ja noch vor Jahresende erledigt haben«? Alles weg! Nur mein Leben, das an einem Faden hängt, dessen Tragkraft meine Ärzte morgen nach der Operation im Labor bestimmen werden. Falls ich das Ganze überleben werde, sollte ich Entspannungsseminare für rastlose Karrieremenschen anbieten.

»Im Urlaub keine Gedanken mehr an Berufliches dank Todesangst!«

Vielleicht darf ich die Pointe nicht direkt vorwegnehmen. Und die Leute kommen sich wahrscheinlich auch verarscht vor, wenn sie feststellen, dass sie nie wirklich ernsthaft krank waren. Ich werde das Konzept nochmal durchdenken.

Langsam wird es dämmrig im Wald und so trete ich leicht und beschwingt den Rückweg zum Krankenhaus an. Im Zimmer angekommen, erzähle ich Björn von meinen Erkenntnissen und frage ihn, ob meine Fokussierung auf das Wesentliche nicht die eigentliche Business-Punkigkeit sei. Er schweigt einen Moment, sieht mir mit einer Mischung aus verlegener Sprachlosigkeit und Mitleid in die Augen, schluckt.

»Ja, Mann. Du bist der Business Punk.«

Drainagen-Galgen

Die Entnahme eines Lymphknotenstücks aus meinem Hals steht an. Es geht morgens direkt los, kein Frühstück, dafür eine kalorienarme Vollnarkose. Eine sehr freundliche Schwester rollt mich bettschiebend aus meinem Doppelzimmer. Mein Mitbewohner Björn trägt einen riesigen Verband über seiner Nase und trötet irgendwas in der Kategorie von »Viel Glück!« oder so in meine Richtung. Seine Aussprache ist so dermaßen nasal, dass ich fast nichts verstehe. Ich recke meine Faust siegessicher nach oben, dann bin ich schon auf dem Flur und werde in den Fahrstuhl zum OP-Saal geschoben.

»Sie sind also Zirkuspädagoge? Was macht man denn da genau?«

Die mich verfrachtende Schwester … Lena, wie ich nach einigem Halsrecken feststelle, möchte mir wohl noch ein Gute-Nacht-Schwätzchen angedeihen lassen. Obwohl, was heißt da »möchte« – das haben die hier wahrscheinlich gelernt, dass Patienten auf dem Weg zum OP-Saal immer zu bequatschen sind, damit sie keine Zeit haben, sich zu ängstigen. Aber was wäre, wenn sie mit der sonst so unscheinbaren Jobfrage ein tiefliegendes Trauma zu Tage befördern würde? (Woher weiß die das überhaupt? Ach ja, der Patientenbogen meines Eincheckens – Lena hat sich vorbereitet.) Zugegeben, dann hätte ich das sehr wahrscheinlich nicht in den Patientenbogen reingeschrieben. Ich hätte vielmehr irgendwas Absurdes reinschreiben sollen. Beziehungsweise, eigentlich hätte ich bei Björn irgendwie die Berufsbezeichnung anpassen sollen. Ich stelle mir sein Gesicht vor, wie ihn Lena zum OP schiebt.

»Und, wie viel verdient man denn so als Pornodarsteller?«

Obwohl, bei so einer Berufsbezeichnung hätte wiederum Lena sich wahrscheinlich ein anderes, dafür unverfängliches also langweiliges Thema geschnappt:

»Ich sehe, Sie haben keine Allergien. Gut für Sie! Meine Freundin wohnt auch in der Argelanderstraße! Was für ein Zufall.«

So richtig spannende Sachen stehen da einfach nicht drin. Vielleicht sollte ich vorschlagen, dass ein paar tiefgründigere Fragen in den Patientenbogen aufgenommen werden (Was war das peinlichste Erlebnis Ihres Lebens? Wann haben Sie zum letzten Mal geweint? Welche Band haben Sie als Jugendlicher geliebt?), denke ich und bemerke die Stille im Fahrstuhl, der jetzt mit sanftem »Ding« in der OP-Etage ankommt.

»Entschuldigung, ich war in Gedanken, was haben Sie gefragt?«

Eine fremde Stimme antwortet aus dem OP.

»Der Zirkuspädagoge – na dann wollen wir Sie mal einschläfern! Forkert, ich bin Ihr Anästhesist.«

Ich schüttele eine stark behaarte Anästhesistenpranke und fühle mich sofort gut betreut. Herr Forkert strahlt pures, mit Empathie gebürstetes Selbstbewusstsein aus. Was für eine coole Sau, geht mir durch den Kopf, aber Herr Forkert lässt mich im Gegensatz zu Schwester Lena gar nicht erst abschweifen.

Es entspinnt sich eine angeregte Unterhaltung über die Schnittmenge von Jonglieren und das Betäuben von Patienten (erfordert beides eine gewisse Präzision, Fehler sind allerdings beim Jonglieren weit weniger tragisch). Zwischendurch kommen noch diverse grün uniformierte Ärzte, Assistenten oder vielleicht auch einfach nur Zuschauer in den OP-Saal. Aber ich bin im Forkert-Universum und mittlerweile auch verschlaucht mit der einschläfernden Spritze. Forkert drückt mir die Drogen rein, ich merke eine leichte wie faszinierende Bewusstseinsverschiebung, will diese artikulieren, ertappe mich im aufsteigenden Nebel beim Lallen, dann geht das Licht aus.

Die Probe ist entnommen, verschickt (nach Berlin, so wurde mir mitgeteilt. Auch die Bundeszentrale zur Bestimmung von Krebsvarianten, oder wie die Herrschaften sich so nennen, ist wohl in den Neunzigern in die neue Hauptstadt umgezogen) und ich erhole mich so langsam von meinem OP-Rausch. Ich dämmere vor mich hin, schlafe viel, stehe irgendwann kurz auf, um ein wenig den Gang hoch und runter zu tapern. Die Bestimmung kann bis zu fünf Tagen dauern. Fünf Tage weitere Ungewissheit, immerhin gibt es jetzt ein Limit.

Ein paar Tage später (oder gleich am nächsten Tag? Ich kann es Post-Narkose-deliriumsbedingt nicht mehr genau rekonstruieren, welche Schlafphase tatsächlich auf eine Nacht fiel) soll meine Wundheilung begutachtet und meine Drainage entfernt werden. Das ist so ein handliches Röhrengebilde, das irgendeine gelblich rote Flüssigkeit aus meiner Operationswunde schlaucht. Dient meiner Genesung und der Wundheilung, so Schwester Lena auf meine Frage, welche Cocktail-Ingredienzen sie wohl dort abzuzapfen gedenke. Ich fand das – noch halb narkotisiert – wahnsinnig komisch und Björn hat sogar amüsiert durch seine neue Nase herausgeschnaubt. Schwester Lena lächelte zumindest und unterstellte mir ein gutes Erwachen sowie Heilen, da ich ja schon wieder der dummen Sprüche mächtig sei.

»Aber die mache ich ja nur, weil ich Krebs habe und mit der ganzen Situation überfordert bin! Das ist meine Copingstrategie!«

Die Stille im Raum nach dieser Mitteilung war schon absurd. Ich konnte richtig hören, wie Björn und Lena krampfhaft nach einer möglichst passenden, liebevollen Entgegnung suchten, keine fanden, weitersuchten, die lange Stille wahrnahmen und dann doch von mir erlöst wurden.

»Ich stelle mir die Entfernung dieses Drainage-Teils recht unangenehm vor – wie sind denn da so Ihre Erfahrungswerte?«

Erleichterung in Lenas Gesicht.

»Das ist nur ein ganz kurzes Ziepen, das merken Sie fast gar nicht.«

»Haben Sie sich tatsächlich auch einmal halsentschlauchen lassen müssen?«

»Nein, aber die Patienten sind meistens überrascht, wie wenig das weh tut.«

»Also tut es schon weh?«

Ich bin ein Kommissar-Patienten-Arschloch, geht mir durch den Kopf. Lena möchte sicherlich wirklich nur, dass ich mir keine allzu schlimmen Gedanken über die mir bevorstehende Drainagen-Entfernung mache.

»Es ziept halt ein wenig«, wiederholt sie ihren Krankenhaus-Euphemismus.

»Na dann raus damit!«

Ich sitze vor Chefarzt Sewing auf einem Tisch, sein (fast jugendlich jung wirkender) Assistent nestelt an meinem Halsverband herum.

»KURZES ZIEPEN. Sie merken FAST NICHTS«, schwes-ter-lenat es mir durch den Kopf, während Herr Sewing irgendwas Medizinisches über meine wohl sehr gut ver-laufende Wundheilung zu Protokoll gibt. Der Teenager im Arztkittel hat mich nun vollständig entblößt und inspiziert interessiert meine bald schon zu einer sehr coolen Narbe verheilende Wunde. Und natürlich den noch darin stecken-den Drainagen-Schlauch.

»Das sieht alles sehr gut aus«, bestätigt Sewing nochmal seinen Assistenz-Enkel.

»Wir können die Drainage dann jetzt entfernen.«

Na schön, es muss ja sein. Ich beiße in Erwartung eines nicht ganz kurzen und nicht nur Ziepens schon einmal die Zähne zusammen.

»Das kann jetzt kurz etwas unangenehm werden. Es geht aber ganz schnell.«

Der hochbegabte Grundschüler mit verblüffend tiefer Stimme nimmt beherzt den Schlauch in die Hand und wartet noch auf eine Rückmeldung seines wahrscheinlich ersten Versuchsobjekts.

»M-hm.«

Er zieht am Schlauch. Es ist sehr unangenehm. Allerdings tatsächlich faszinierend und ekelhaft zugleich, wie da der Un-terhautteil des Schlauchs sich in mir bewegt, aber nicht genug, er stoppt, er klemmt, er geht jedenfalls nicht weiter raus. Der kleine Junge im Kittel schaut mich mit großen Augen an.

»Entschuldigung, ich müsste dann nochmal ziehen.«

»Nur zu.«

Wow, da klang ich jetzt viel cooler und gefasster, als ich es nach seinem schmerzhaften Kampf mit dem sich sehr wahrscheinlich festbeißenden Drainagenwurm wirklich bin.

Wieder zieht der Jüngling vergeblich am Schlauch. Wieder ist es sehr, sehr unangenehm. Ich muss etwas stöhnen. Mein Peiniger kündigt daraufhin seinen dritten Versuch gar nicht mehr an, sondern zieht direkt ein drittes Mal. Sewing steht jetzt direkt neben ihm und kommentiert das irgendwie, greift auch mal zum Schlauch, an meinen Hals, die beiden verschwimmen vor meinen schmerzverzerrten Augen zu einem peinigenden Drainagen-Galgen-Henker. Ist das ein ekelhafter Schmerz!

Dann plötzlich Erlösung, der Schlauch ist draußen, Sewing und Enkel sichtlich zufrieden. Sewing junior hat tatsächlich Schweiß auf der Stirn. Ich auch. Bin aber diesmal zu fertig mit den Nerven, als dass ich diese Erkenntnis auch direkt teilen müsste. Ich sehe in seinem Blick, dass auch er diese wahrscheinlich erste Drainagen-Galgen-Episode dieser Art nicht so schnell vergessen wird.

»Sonst noch was?«, frage ich den schwitzenden Drainagen-Entjungferten.

»Gute Besserung«, er klingt, als hätte er gerade einen Halbmarathon hinter sich. Der Arme, denke ich noch und überlege kurz, ob Sewing, Assistent und ich ein Erinnerungsfoto machen sollten. Ich stelle mir vor, wie mein jugendlicher Henker das Foto dann irgendwann seiner Frau zeigt und nostalgisch schwärmt:

»Das war meine erste Drainagen-Entfernung bei Doktor Sewing. Hat alles gut geklappt.«

»Aber warum hast du Schweiß auf der Stirn, Schatz?«

Lassen wir das also lieber.

Händchen halten

Ich darf nochmal für einen Vormittag ins Krankenhaus für eine Knochenmarksentnahme. Mein Onkologe will sichergehen, dass zumindest dieser Bereich meines Innenlebens frei von Krebszellen ist. Leider hat er mir das relativ spontan kommuniziert, und so sitze ich gegen Mittag mit einem Zugticket nach Coburg im Bonner Johanniterkrankenhaus, da ich am Tag darauf meinen Hausrat vom oberfränkischen Provinzkaff nach Heidelberg (dem, wie eine Zeitung unlängst schrieb »Ballermann am Neckar«) zu fahren gedenke. Mein Vater hat mir angeboten, dass er Anni und mir auch ein Umzugsunternehmen bezahlen würde, aber ich habe dankend abgelehnt. In diesem Wirrwarr von Arztbesuchen, Diagnosen und emotionaler Überforderung erscheint mir Möbel schleppen wie eine Oase der Normalität. Außerdem muss ich mich von meinen Mitbewohnern nochmal angemessen verabschieden.

Bevor es losgeht mit der Knochenmarksentnahme, darf ich mich anhand eines doppelseitigen Infobogens über das Prozedere informieren und muss unterschreiben, dass ich zustimme, mir eine recht große Nadel in den unteren Rücken rammen und damit einen Teil des Marks meines Beckenknochens entnehmen zu lassen. Die Vorstellung ist nicht gerade verlockend. Eine Schwester klärt mich zudem darüber auf, dass ich entweder eine leichte Narkose bekommen und während der ganzen Aktion schlafen kann oder das Ganze hellwach mitverfolgen darf. Klingt wie eine sehr einfach zu beantwortende Frage, wo ist der Haken?

»Wenn Sie sich für die Narkose entscheiden, müssen Sie allerdings noch drei Stunden nach der Entnahme bei uns bleiben, bevor wir Sie entlassen können.«

Da ist der Haken! Diese drei Stunden, die mich schätzungsweise von meiner narkosebedingten Rammdösigkeit befreien sollen, habe ich so nicht einkalkuliert und würde heute dann nicht mehr bis nach Coburg kommen. Natürlich. Also entscheide ich mich mit fester Stimme für die drogenfreie Variante und frage im selben Atemzug nach den zu erwartenden Schmerzen.

»Das sticht kurz und ist etwas unangenehm, ist aber eine Sache von einer Sekunde. Sie bekommen ja eine örtliche Betäubung da unten, sonst spüren Sie also fast nichts.«

Sticht KURZ. FAST nichts. Aha.

Der Infobogen beschreibt es ähnlich, als einen »kurzen, stechenden Schmerz«. Gut, dass er kurz ist, schlecht, dass sogar der sonst meist euphemistisch formulierte Aufklärungsbogen einen »stechenden Schmerz« in Aussicht stellt. Ich denke an die Narkose, dann an meinen Umzug, dann an alles, was mich in Sachen »stechende Schmerzen« wohl erwarten wird. Scheiß drauf, da muss ich jetzt eben durch. Mein Abschied aus Coburg ist wichtiger als die ängstliche Flucht in die Narkose. Ich bestelle also die gruselige Variante der Entnahme.

Dann habe ich eine gute halbe Stunde Zeit mich in meinem Zimmer in ein schickes, hinten offenes Nachthemd umzukleiden und auf dem Bett liegend Musik zu hören. Als ein älteres Ehepaar hereinkommt, pausiere ich und stelle mich kurz vor. Herr Wagner hat das gleiche Prozedere vor sich wie ich und sich aus gesundheitlichen Gründen, die er nicht näher erläutert, ebenfalls für die stechend schmerzhafte Variante entschieden. Er wirkt angespannt und besorgt, seine Frau spricht ihm Mut zu. Ich lege mich wieder hin, verkabele meine Ohren mit dem schweigenden MP3-Player und höre ihm mit geschlossenen Augen weiter zu, wie er alle meine eigenen Sorgen bezüglich der auf uns zukommenden Schmerzen seiner Frau kommuniziert. Aber ein wenig entspannt mich auch der Gedanke, dass Herr Wagner und ich jetzt gemeinsam da durchmüssen. Seine Frau versucht seine Angst erträglich zu argumentieren, indem sie wieder und wieder betont, dass der eventuell so unangenehm stechende Schmerz ja wirklich nur eine Sekunde dauert.

»Das ist« – sie schnippst mit den Fingern – »so schnell vorbei!«

Ich erinnere mich, dass ich vor meinem ersten und bisher einzigen Bungee-Sprung eine ähnliche Argumentation in meinem Kopf zurechtgelegt hatte. Der Sprung entstand aus dem wagemutigen Ansatz, dass ich vielleicht dadurch meine manchmal recht störende, aber bei weitem nicht arg Lebensqualität einschränkende Höhenangst schocktherapieren könnte.

»Falls der Sprung ganz und gar furchtbar wird, dann ist es wenigstens schnell vorbei.« So formulierte ich meine Gedanken meiner Sprungbegleitung Barbara gegenüber.

Und leider weiß ich auch noch genau, welche Schreckensgedanken mich daraufhin heimsuchten.

Möglichkeit eins: Ich werde vor Schock ohnmächtig und mache mich zum absoluten Gespött der Bungee-Anlage. Wäre im heutigen Kontext tatsächlich nicht schlimm, ich liege ja schon. Vielleicht wäre das sogar gut, direkt ohnmächtig zu werden, eine natürliche Narkose quasi. Aber da war ja noch:

Möglichkeit zwei: Ich verliere die komplette Kontrolle über meinen Körper und kotze, pinkle und scheiße mich voll. Das wäre mir tatsächlich auch in diesem Rahmen recht unangenehm, zudem ich weiß, dass der ausführende Arzt ein Freund meines Vaters ist.

Der Bungee-Sprung damals war dann letztendlich super. Als ich bei vollem Bewusstsein und unbefleckt wieder auf beiden Beinen stand, wollte ich sofort nochmal. Bis mir Barbara den pekuniären Preis meines Sekundenglücks vor Augen rief. Vielleicht wird ja die Entnahme so geil, dass ich danach direkt nochmal möchte. Unwahrscheinlich, und schon bin ich wieder zurück bei Möglichkeit zwei und der Vorstellung unmenschlicher Schmerzen. Na super.

Nach einiger Zeit hat meine Nervosität dementsprechend zugenommen und es geht los. Die Schwester schiebt mich im Bett durch ein paar Flure in einen großen gekachelten Raum. Hier soll es also passieren. Immerhin, durch die Kacheln könnte man im Not- und Ernstfall von Möglichkeit zwei den Raum recht einfach wieder sauber machen. Die Decke ist nicht gekachelt. Eine wagemutige Entscheidung des Raumgestalters, denke ich und male mir aus, wie dieser irgendwann einmal abgewägt haben muss, ob irgendwelche Körperflüssigkeiten (in der Regel wahrscheinlich Blut, kein Urin) wohl bis zur Decke spritzen würden. Vielleicht hat er damals einen Deal mit dem Ärzteteam gemacht: Wer es schafft, die Raumdecke mit Blut zu besudeln, muss diese selbst wieder weißen. Wie weit Blut wohl spritzt, wenn man an der falschen Stelle aufschneidet? Ob das Krankenhaus trotzdem die weiße Farbe bezahlt hätte? Hat mein Arzt wohl schon einmal streichen müssen?

In diesem Moment kommt eben dieser zur Tür herein und gibt mir die Hand.

»Machen Sie sich keine Sorgen, das geht alles ganz schnell vorbei und ist halb so schlimm.«

Den stechenden Schmerz erwähnt er natürlich nicht. Aber es beruhigt mich etwas. Während er irgendwelche Arztsachen hinter mir vorbereitet, kommt noch eine neue Schwester herein und stellt sich als Schwester Inge vor. Sie sei hier, damit ich ihre Hand während der Entnahme halten könne.

Was bitte? Ja genau, ich soll einfach ihre Hand festhalten, dürfe auch drücken, so fest ich wolle. Und am besten den Mund zumachen dabei.

»Damit Sie sich nicht versehentlich auf die Zunge beißen.«

Ich merke, dass mein Gesichtsausdruck dem eines Rehs im LKW-Scheinwerferlicht auf der Landstraße gleicht. Dann geht es auch schon los, sie dreht mich auf die Seite und der Arzt pikst mir die örtliche Betäubung in den unteren Rücken. Das merke ich fast gar nicht, bin immer noch fassungslos und leicht verstört von Schwester Inges Ansage. Sie nimmt meine rechte Hand fest in ihre. Das beruhigt mich für eine Sekunde etwas, dann höre ich von hinter mir den Satz:

»Wenn es weh tut, dann schreien Sie einfach irgendwas. Ruhig richtig laut. Das hilft.«

Was habe ich mir da eingebrockt?

An meinem Rücken drückt es unangenehm herum, aber nicht allzu schlimm und nicht stechend. Ich drücke zaghaft Schwester Inges Hand und sie erwidert meine Geste mit festem Zupacken. Erwartungsvoll beiße ich die Zähne aufeinander.

»Jetzt wird es kurz unangenehm«, höre ich von irgendwo hinter mir. Er hat recht.

Der Schmerz ist grauenhaft. Ich klammere mich an Schwester Inges Hand und aus meinem Mund höre ich ein sehr, sehr lautes und sehr, sehr panisches »Fu-u-u-u-u-uck« entweichen. Dann lässt der Schmerz auch schon nach und ich höre es hinter mir witzeln:

»Ja, mehr kann man dazu wirklich nicht sagen.«

Ich glaube, irgendwas wurde gerade in rauen Mengen in meinem Hirn ausgeschüttet. Die restliche Prozedur nehme ich zwar wahr und spüre auch noch schmerzhaftes Drücken und Schieben an und in meinem Rücken, aber irgendwie stehe ich so neben mir, dass alles halb so schlimm ist.

»... gleich geschafft.«

Das kam aus Schwester Inges Richtung. Dann ist der Druck weg und ich werde auf den Rücken gelegt.

»... eine Stunde nicht bewegen.«

Mein Peiniger steht über mir und reicht mir die Hand.

»Das haben Sie gut gemacht, da hab ich schon ganz andere erlebt.«

Da muss ich sogar ein wenig lächeln.

Schwester Inge schiebt mich auf den Gang und verschwindet kurz »für fünf Minuten«. Ich starre an die Decke und frage mich, ob eine Geburt für Frauen wohl über einen längeren Zeitraum so schmerzhaft ist wie das mir gerade Widerfahrene. Für Anni hoffe ich sehr, dass es nicht so ist. Dann öffnet sich eine Tür schräg vor mir und Herr Wagner wird von einer Schwester in Richtung meiner Folterkammer geschoben. Er sucht und findet meinen Blick, sieht mich ängstlich und fragend an. Die Wahrheit erscheint mir keine vernünftige Option zu sein.

»Ist halb so schlimm«, sage ich matt lächelnd, als er an

meinem Bett vorbeigeschoben wird. Ich frage mich, ob Herr Wagner mich in einer halben Stunde verflucht oder dankbar ist?

Die coole Variante

Dieses ganze nebelige Bangen um meine Gesundheit geht jetzt mittlerweile knapp drei Wochen und irgendwie haben meine Eltern, Anni und ich uns ganz gut arrangiert mit der Situation. Wir spielen erfolgreich Babybecken im Wellenbad. Der ernste Gesichtsausdruck meiner Eltern gehört nun eben zum gemeinsamen Frühstück dazu. Die immer wieder gerne ausgepackten »Wird schon nicht GANZ so schlimm sein«-Floskeln schenken wir uns lächelnd ein und glauben das auch wirklich dabei. Zumindest ich. Für etwa zehn Sekunden. Danach ist mein Hirn wieder vollkommen überfordert. Was erstaunlich gut als Ablenkung funktioniert: Videospiele. Ich habe meinen Laptop dabei und gehe manchmal abends noch auf Monsterjagd oder streune durch virtuelle Wälder. Manchmal bin ich tatsächlich für eine ganze Weile weg mit den Gedanken vom mutierten Zellwahnsinn in meinem Körper. Um genau zu sein: in meinem Hals, meiner Brust und meinem Bauch. So viel wissen wir immerhin schon. Aller guten Dinge und so, da hat Mama wieder weinen müssen, aber ich konnte einfach nicht anders. Fade Selbstironie ist meine Coping-Strategie, das lässt sich als Eventuell-Apokalypsen-Fazit durchaus ziehen. Ich finde das ja eigentlich immer ganz wünschenswert, wenn Leute sich selbst nicht so ernst nehmen. Aber ich kann verstehen, dass meine Mutter sich manchmal wünscht, dass ihr Sohn sich im Angesicht einer alles in Frage stellenden Hopp-oder-Top-Situation ein ganz klein wenig ernster nähme.

Heute Nachmittag ist jedenfalls der Moment gekommen. Mein Vater hat prognostiziert, dass er im Laufe des Vormittags die Ergebnisse meiner Gewebeprobe bekommen wird. Und damit das Ausmaß der Katastrophe in väterliche Worte fassen können wird. Ich sehne mich nach diesem Moment. Es fühlt sich absurderweise ein wenig so an wie damals in der Schule, wenn wir eine Klassenarbeit zurückbekommen haben. Beim Betreten der Klasse hatte die entsprechende Lehrkraft dann immer einen verräterischen Jutebeutel in der Ellenbogenbeuge angehängt.

Wir kriegen die Arbeiten zurück! Es raunte durch die Klasse und manchmal wusste ich natürlich schon lange vor dem Heftaufschlagemoment, dass mich viel rot und eine verhältnismäßig hohe Ziffer erwarten würde. Deshalb konnte ich das ganze Heidi-Klum-Foto-Herausgezögere im Klassenarbeitskontext damals nie so recht ertragen. Erstmal schön den Klassendurchschnitt an die Tafel malen. Nur eine Eins, dafür vier Fünfen, da hätten wir aber diesmal nicht so gut gelernt. Und natürlich das Pedant des klumschen »Nochmal schnell Werbung, bevor wir dich vielleicht rausschmeißen«: Und diese Aufgabe haben ja insgesamt nur zwei von euch überhaupt richtig beantwortet. Und natürlich schauen alle zu Jana, der Klassenbesten, die ein zerknirschtes »Ich hab die Aufgabe auch verkackt« schlecht schauspielert und danach natürlich die einzige Eins mit null Fehlern aufschlägt. Ich wäre jetzt trotzdem gerne Jana.

Ich gebe zu, dass es sich schon ein wenig anders anfühlt, wie mein Vater sich vor mich aufs Sofa setzt und mit ernster Miene Luft holt.

»Tacheles, keine Euphemismen, zack, bumm, was ist Sache?«

So ungefähr hatte ich ihm meinen Wunsch nach klassenarbeitserinnerungsloser Verkündung meiner gesundheitlichen Zensur nahegelegt.

»Du hast Glück gehabt. Neunzig Prozent Heilungschancen mit einer standardisierten Chemotherapie. Ein Rückfall ist unwahrscheinlich.«

Papa hat das wirklich ganz hervorragend gemacht. Ich hätte nie gedacht, dass mir meine aktuellen Gedanken mal wirklich durch den Kopf gehen würden:

»Geil, nur eine Chemotherapie!«

Aber im Kontext des ganzen Wahnsinns doch nachvollziehbar. Meine Erkrankung ist ein klassisches Hodgkin-Lymphom. Tatsächlich tritt das gerne bei jungen Menschen um die dreißig auf. Einer von hunderttausend.

Ich: »Vielleicht sollte ich Lotto spielen!«

Mama: »Jensi!«

Ich: »Einer von hunderttausend!«

Meine Mutter seufzt hörbar, freut sich aber innerlich garantiert wie eine Schneekönigin, dass sie der Prognose nach ihren Sohn behalten darf. Es gibt wohl noch den so genannten »Non-Hodgkin«, das sei die beschissene Variante meiner Erkrankung, da sieht es mit der Statistik gleich ganz anders aus. Umkehrschluss also: Non-Hodgkin = nicht cool, Hodgkin also = cool. Sieht meine Mutter jetzt wieder etwas anders. Und mein erleichterter Kopf denkt gar nicht ans Aufhören. Ich habe ja tatsächlich unbemerkt fünf Kilo abgenommen durch das stille Wüten der Krebszellen in meinem Körper.

Bin also nun »Hodg-Slim«?

Dann ist aber auch Schluss mit Übersprungshandlung und die Erleichterungstränen übernehmen die Kontrolle.

Meine Eltern sind sichtlich froh, auch mal komplett loslassen zu können, und wir nehmen uns in die Arme und sind ein heulendes, glückliches Familienbündel. Nur eine Chemotherapie, geht mir durch den heißgeweinten Kopf. NUR eine Chemotherapie. Neunzig Prozent Heilungschancen. Fuck yeah! Wird ja vielleicht auch ganz spannend, so eine Chemotherapie.

Ein Mann, ein Becher

Es kann sein, dass die mir bevorstehende Chemotherapie die Produktivität meiner Hoden für immer zum Erliegen bringt.

»Kann, muss nicht«, so meine Onkologin Frau Tenschert bei unserem letzten Gespräch mit ernstem Blick. Dementsprechend habe ich nun eine Woche Zeit, in der gynäkologischen Praxis von Dr. Pavlidou insgesamt zwei noch intakte Proben meiner Spermien abzugeben, bevor es sich bei mir untenrum eventuell für immer ausgeschwommen hat. Die noch flotten Schwimmer sollen dann tiefgekühlt lagernd auf ihren eventuellen Einsatz warten, falls Anni und mir nach all dem Trubel irgendwann wieder unser Kinderwunsch einfallen sollte.

Für die so genannte »Gewinnung der Spermien« hat mich der Doktor in den dafür vorgesehenen Raum seiner Praxis bestellt. Weil dieser anscheinend noch hergerichtet oder gar sauber gemacht wird, darf ich aber erst einmal neben fünf lesenden Frauen im Wartezimmer Platz nehmen. Dr. Pavlidou hat mir am Telefon erläutert, dass er als Gynäkologe eigentlich nur Frauen untersucht. Das Angebot für Männer umfasse lediglich ein Spermiogramm und die Organisation des Tiefkühlprozesses. Dementsprechend denken wahrscheinlich die mit mir wartenden Frauen, seit sie mein männlich tiefes »Guten Morgen« gehört haben:

»Oha, dieser junge Mann wird sich wohl gleich im Nachbarzimmer selbst befriedigen.«

Recht haben sie. Ich komme in autoerotischer Absicht, denke ich und muss ob der Doppeldeutigkeit des Verbs ein wenig pubertär in mich hineingrinsen.

Doch vorerst sitze ich zu atmosphärischen Waldgeräuschen vom auf dem Regal für Boulevardzeitschriften und Raumbedufter säuselnden CD-Player bestimmt zwanzig Minuten im Wartezimmer und male mir den gleich zu benutzenden Raum aus. Was für Möbelstücke darf ich dort wohl erwarten (ich tippe auf eine Matratze)? Ist der Raum besonders abgelegen oder schallisoliert (wahrscheinlich nicht)? Welche Art von optischer erotischer Unterstützung ist dort vorzufinden (ich erwarte Schlimmes)? Wann wurde dort die letzte Probe gewonnen (bestimmt VOR dem letzten Großputz!)? Wie viele Männer sind wohl dort wegen solchen Gedanken schon gescheitert (ich werde nicht dazugehören! Hoffentlich!)?

Mein Name knarzt durch das Grillenzirpen und Blätterrauschen der Atmo-CD und bittet mich zur Anmeldung. Ich verlasse das Wartezimmer unter den vorwurfsvollen Blicken der anwesenden Damen. Keine von ihnen wurde bisher aufgerufen. Ich frage mich, wie viele Herren der Schöpfung an dieser Stelle schon schief grinsend nach Interesse auf Hilfestellung bei der Gewinnung ihrer Probe in den Raum gefragt haben. Hoffentlich niemand.

Am Tresen der Anmeldung bekomme ich einen kleinen Plastikbecher mit gelbem Deckel und die Instruktionen, diesen »wenn Sie fertig sind, einfach auf dem Rückweg im Labor« stehen zu lassen. Die Spermienstube scheint also zumindest räumlich durch das Labor vom Rest der Praxis getrennt zu sein. Und das Labor ist, wie ich einen Moment später freudig feststelle, leer. Am Ende des Labors öffnet mir die Anmeldungsdame eine Tür zum Gewinnungsraum und lässt mich ohne ein Wort des Abschieds oder Mutzuspruchs zurück.

Der Raum erfüllt die meisten Klischees, die sich mittlerweile in meinem Kopf eingerichtet haben. Es gibt eine – in weißes Frottee gehüllte – Matratze auf dem Boden. Daneben ein alter Sessel mit Oma-Musterung in Form von verschlungenen Blüten und Blättern. Auf einem runden Beistelltisch liegt ein Stapel »Pornohefte« der preiswerten Machart. Einzig die Schwarz-Weiß-Fotografie einer nackten Frau hinter einem Perlenvorhang ist ansatzweise erotisch. Der hintere Teil des Raumes ist durch einen Vorhang abgetrennt. Dahinter eine Leiter, ein Putzeimer und ein Werkzeugkasten.

Ich stehe ratlos zwischen Frottee-Matratze und Oma-Sessel und inspiziere den Plastikbecher. Es widerstrebt mir, mich auf der Matratze niederzulassen. Obwohl der Bezug sicherlich, HOFFENTLICH gerade gewechselt wurde. Allerdings ist der Becher nicht besonders hoch, weswegen eine liegende Position zur erfolgreichen Gewinnung meiner Probe hilfreich erscheint. Da es hier um meine potenziellen Nachkommen geht, sollte die Austrittsebene meiner einzufrierenden Schwimmer horizontal verlaufen, so pragmatisch meine Gedanken in der Gewinnungs-Besenkammer. Bei einer minimalen Schräglage könnte die Schwerkraft meinem hastigen Verschließen des Plastikbechers zuvorkommen. Es scheint also kein Weg an der Frottee-Matratze vorbeizuführen.

Ich lege mich auf die Matratze und blättere ein wenig in den RTL-II-Versionen erotischer Magazine. Es ist schon erstaunlich, wie das ganze »Zu viel« vor meinen Augen kindliches »Iiih Bah!« in mir aufsteigen lässt, obwohl ich durch sexuelle optische Reize durchaus erregbar bin. Der Inhalt der Zeitschriften in Dr. Pavlidous Praxis erinnert mich an die leicht angeekelte Faszination, die ich mit dreizehn hatte, als mein Klassenkamerad Pedro mir einen Porno aus der Privatkollektion seiner Mutter zeigte. Wer wohl diese Zeitschriften eingekauft hat? Jetzt, mitten in diesem absurden Potpourri von autoerotischen Hilfsmitteln und Abstellraumflair, liege ich also auf einer frotteebezogenen Matratze, die wahrscheinlich nur für den hier zu verfolgenden Zweck eingekauft wurde.

Ich stelle mir vor, wie Herr Pavlidou mit seinem Praxisteam die Einrichtung des Samengewinnungsraums plant.

»Hildegard, kümmerst du dich bitte bis Freitag um die Matratze? Ich besorge dann die Pornohefte und den Oma-Sessel.«

»Geht klar, Chef.«

Hildegard zieht also los in ein Matratzengeschäft in der Heidelberger Innenstadt.

»Guten Tag, ich suche eine Matratze zum Masturbieren für unseren Samengewinnungsraum. Können Sie da was empfehlen?«

»Wir haben hier ein paar preiswerte Modelle, die auch der Puff hinterm Bahnhof gekauft hat, vielleicht wollen Sie sich die mal anschauen?«

Hildegard steht kurz darauf vor den Puffmatratzen und fragt sich, was eine gute Masturbationsunterlage ausmacht und warum sie diese überhaupt besorgen soll. Dürfte das der Chef nicht viel besser wissen? Oder ist Masturbation trotz signifikanter Unterschiede in der Anatomie der Geschlechtsorgane ein übergreifendes Wissensgebiet? Und überhaupt: Geschmackssache, eigentlich?

Wie tief man bei autoerotischen Handlungen einsinken möchte, hat sie sich noch nie gefragt. Hat sich das überhaupt schon mal jemand gefragt? Ist das nicht eigentlich eine Frage des richtigen Bezugs? Was möchte Mann hinten spüren, wenn er vorne Hand anlegt? Darf sie dem Chef eine solche Frage stellen?

Das erste und glücklicherweise einzige Mal, dass sie ihren Bruder in ihrer beider Teenagerjahre beim Masturbieren gesehen hat, lag der auf einem weißen Frotteebezug. Warum hat sie sich so was wohl gemerkt? Jedenfalls schien das damals für ihren Bruder prinzipiell gut funktioniert zu haben. Hildegard hat sich entschieden:

»Ich nehme die Puffmatratze und einen weißen Frotteebezug.«

Ich sollte Berater für solche Räume werden, falls diese auch in anderen Praxen einen solchen Optimierungsbedarf erkennen lassen. Und, was mir noch viel wichtiger erscheint: Ich sollte bei meinem nächsten Termin meine Kamera mitbringen. Sonst glaubt mir das hier niemand.

Schlechte Comedy

Noch drei Tage bis zum Beginn meiner Chemotherapie und ich beschließe, zum vorerst letzten Mal einen Kneipenabend mit Benjamin zu verbringen. Es ist irgendwie skurril, wie das ganze Setting des Abends keine Notiz von meiner außergewöhnlichen Situation nimmt. Die Leute trinken, rauchen und quatschen um uns herum, als wäre alles wie immer. Wir dagegen reden über meine beiden selbstinduzierten Orgasmen in der gynäkologischen Abstellkammer und meine geistige Umnachtung bezüglich der Dokumentation. Ich habe tatsächlich beide Male Handy und Kamera zu Hause liegen lassen und deshalb die absurde Abstellkammererotik nicht für die Nachwelt dokumentieren können.

Wir mutmaßen, was man mir wohl außer der Chemo noch so alles über meinen Port zuführen sollte und dass ich zu Karneval dann als Terminator gehen könnte. Wir trinken ein paar Bier und schimpfen auf die beschissenen Krebszellen in meinem Hals, meiner Brust und meinem Bauch. Irgendwann meint Benjamin:

»Alter, du brauchst klare Feindbilder. Namen oder Personen – so richtige Gegner eben.«

Vielleicht hat er recht? Die Vorstellung, die nächsten Monate einen klaren Antagonisten zu haben, den es zu vernichten gilt, erscheint mir sehr verlockend. Wahrscheinlich hauptsächlich, weil ich gerade am liebsten irgendjemanden für die ganze Scheiße verantwortlich machen möchte. Aber gut – das erscheint mir eigentlich Grund genug.

In der Grundschule hatte ich klare Feindbilder in meiner und der Parallelklasse, sie hießen »Mädchen«. Aber ich kann deswegen unmöglich irgendwelche mittlerweile erwachsenen Frauen zu meinen Widersachern ernennen. Habe ja nur wenige Jahre später schon durchaus Gefallen am anderen Geschlecht gefunden und überhaupt: Die Verbindung von Kindern und Hassprojektionen einer Krebserkrankung erscheint mir falsch.

Später dann habe ich Hip-Hop gehasst. Über einen Zeitraum von mehreren Jahren eigentlich jegliche Form von Sprechgesang beziehungsweise die mir oft und vor allem im Mainstream zu prollige und egozentrische Kultur dahinter. Aber das habe ich damals nicht so weit differenziert. Die ganze Subkultur erntete meinen Hass, obwohl ich damals schon fehlerfrei »Jein« mitsprechen konnte, weil das alle meine Freunde hörten und es deswegen ja auch cool sein musste. Und die Jungs von Fettes Brot eben nicht so stumpf-prollig rüberkamen wie manch andere Vertreter des wortgewaltigen, aber dennoch wenig gewandten Schwanzvergleichs.

Mein Verhältnis zu Hip-Hop hat sich allerdings bis heute durchaus entspannt. Allerdings wären ein paar deutsche, so genannte Gangsta-Rapper durchaus ein gutes Feindbild.

Aber: Eigentlich amüsieren die Jungs mich dafür zu sehr. Ich verfolge sehr unregelmäßig den im Musikzeitschriftenjargon genannten Output einiger sehr, sehr schlechter Rapper und bin jedes Mal zu Lachtränen gerührt. Einer meiner Lieblingsrapper ist Massiv, der sich als Berlin-Wedding-Gangster inszeniert, aber eigentlich aus Bad Pirmasens kommt. Lyrische Großtaten wie »Wenn der Mond in mein Ghetto kracht« stammen aus seiner zarten Feder. Unmöglich kann ich so jemanden gedanklich um die Ecke bringen.

Benjamin schlägt berühmte Diktatoren vor. Die erscheinen mir zwar durchaus hassenswert, allerdings sind die meisten, die uns sofort durch den Kopf schießen, schon tot. Und zu lebenden habe ich so ein komisches Nachrichtenverhältnis, da bin ich, muss ich gestehen, nicht mit Herzblut bei der Sache. Also beim Hass.

Nazis kenne ich nicht so konkret, dass sich irgendjemand als Feindbild anbieten würde. Politiker wären eigentlich super, aber sie interessieren mich einfach zu wenig. Was kann mich denn so richtig aufregen? Ich stelle mir vor, ich würde Anni diese Frage stellen und die Lösung fällt mir wie Schuppen von den Augen.

Eines Abends saßen wir bei Annis Eltern vor dem Fernseher und landeten im Comedyprogramm eines Privatsenders. Nach einer knappen Minute bat ich Anni, den Sender zu wechseln, da ich sonst irgendwas kaputt machen müsste. Es folgte eine längere Hasstirade meinerseits über die unglaubliche Menge zwar berühmter und doch beschissener schlechter Comedians in Deutschland. Allein der Gedanke an diese selbstgefälligen Dumpfbacken, die vor einem vollkommen geschmacksverirrten und/oder -losen Publikum ihre bodenlos schlechten Interpretationen von Witzigkeit vortragen. Da ist der Hass, da sind meine Feindbilder.

Nach einiger Diskussion mit Benjamin habe ich für meine drei Problemzonen Hals, Brust und Bauch die passenden Namen gefunden. Und auch für mich, denn um derart üble Widersacher zu bezwingen, braucht es einen Superhelden, da waren wir uns einig. Oliver, Mario und Cindy – das berühmt-berüchtigte Hodgkin-Lymphom-Trio – versuchen, die Herrschaft über meinen Körper an sich zu reißen. Und nur ich, der Lymphoma Fucker, kann sie besiegen. Schnell haben wir das passende *300*-Zitat für die bevorstehende Schlacht gefunden.

»They look thirsty!«

»Well, let's give them something to drink! To the hospital!«

Der Zapfhahn

Am Tag vor Beginn meiner Therapie werde ich noch schnell operiert. Ich bekomme einen Port eingesetzt, wie es meine Ärztin mir erklärt hat, oder »eine super Erfindung«, wie mein Vater es nennt.

»Chemo rein, Blut raus – ohne jedes Mal im Arm rumstechen zu müssen.«

Weniger im Arm rumstechen klingt verlockend, ambulante Operation weniger.

Das Ding soll über meiner Brust »implantiert«, also eingepflanzt werden. Auf dass es danach prächtig gedeihe, sich nicht entzünde und mir meine Therapie erleichtere. So weit, so gut – nun sitze ich also mit einem klassisch rückenfreien Klinikkleidchen zumindest vorne bedeckt in einem Rollstuhl und werde in Richtung OP-Saal geschoben. Warum eigentlich der Rollstuhl?, frage ich mich, während an mir in Weiß und Grün gekleidete medizinische Kompetenz vorbeirauscht. Wahrscheinlich, weil der Weg zum Operateur so wahnwitzig verwinkelt ist, dass ich ihn nie alleine gefunden hätte. Und, weil meine Knie mittlerweile so weich sind, dass ich ohne meinen Rollstuhlschieber schon längst Reißaus genommen hätte.

Ich kann mir nicht vorstellen, dass es nicht unglaublich schmerz- und ekelhaft ist, wenn in mir bei vollem Bewusstsein herumgeschnitten und -gepflanzt wird. Das kann doch keine Betäubungsspritze leisten! Kann das eine Betäubungsspritze leisten?

»Die machen dort täglich solche Eingriffe«, hat mein Vater mir mit auf den Weg gegeben.

Na toll, in Bonn machen die bestimmt auch täglich Knochenmarkspunktionen und das war trotzdem die Hölle! Wir sind da, im OP-Saal des Grauens. Viel Platz, viel Gerät und ein schlichter Tisch in der Mitte des Raumes unter einer großen Lampe. Sonst: niemand. Aber immerhin: Die Decke ist auch in diesem Raum nicht gekachelt – meterhohe Blutfontänen sind also nicht vorgesehen. Ein schwacher Trost.

»Legen Sie sich schon mal hin, Frau Tokur kommt gleich.«

Frau Tokur also – in meinem Kopf waren Chirurgen bis eben stets männlich. Aber das beruhigt mich schon ein wenig, irgendwie stelle ich mir Frau Tokur liebevoller beim Einpflanzen vor als meine Kopfkino-Version von Herrn Tokur. Herr Tokur hätte sich bestimmt an den Leiden seiner Patienten geweidet und diese daraufhin als Weicheier beschimpft. Herr Tokur hätte den Härtesten der Harten operieren wollen, hätte jedem Patienten die Port-Operation ohne Betäubung angeboten. Vielleicht hätte er mich gemocht, da ich immerhin die Knochenmarksentnahme bei vollem Bewusstsein miterlebt habe. Er hätte sicherlich irgendeinen brachialen Rammstein-Song zum Operieren gehört, während das Patientenblut (mein Blut!) bis an die Decke gespritzt wäre. Ob er die dann hätte streichen müssen?

»Ich pflanze ihm den Port hinein,
ich schneid ihn auf,
und er muss: Schrei'n!«

So oder so ähnlich wäre das sicherlich mit Herrn Tokur verlaufen. Frau Tokur ist bestimmt stets liebevoll und sanft beim Operieren.

Als Erstes kommt aber noch Schwester Stefanie in den Raum geplatzt, stellt sich vor und versucht mich schwäbelnd zu beruhigen:

»Se müsse sisch keine Sorge mache! Des geht ganz schnell.« Solange mich kein kurzer, stechender Schmerz erwartet, bin ich bereit.

Rede ich mir ein und da steht auch schon Frau Tokur im Raum. Also, eigentlich nur ihre Augenpartie, denn ihr ganzer Restkörper ist hinter einer grünen, mehrteiligen Chirurgenburka inklusive Mundschutz versteckt. Ich sehe also nicht viel von ihr, offensichtlich ist trotzdem: Frau Tokur ist etwa in meinem Alter. Frau Tokur hat wunderschöne braune Augen. Meine Angst weicht ein wenig einer temporären Verblüffung und dann Begeisterung, da ich mit so einer anmutigen Überraschung nun wirklich nicht gerechnet hatte.

Während Frau Tokur sich nett begrüßungsfloskelnd vorstellt und mich so einiges zu meiner anstehenden Chemotherapie fragt, nestelt Schwester Stefanie mit geschickten Händen einen kleinen Vorhang zurecht, der meinen Blick vor dem Splatterszenario auf und in meiner Brust kaschieren soll.

»Das einzig Schmerzhafte ist die Betäubungsspritze, danach spüren Sie gar nichts mehr.«

Frau Tokur steht mit besagter (riesiger!) Spritze neben mir.

»In die Brust ist das immer etwas unangenehm, versuchen Sie sich zu entspannen.«

In die Brust? Ich dachte über die Brust. Ach ja, in den Muskel und so – verstehe. Aber in die Brust? Das stelle ich mir furchtbar vor.

»Es pikt gleich ein bisschen.«

»Okay!«, will ich sagen, es klingt aber wie »Okay?«.

Es pikt. Überhaupt kein Vergleich zur Knochenmarkspunktion, ich fühle ja fast nichts. Dann drückt mir Frau Tokur das Betäubungsmittel in die Brust und ich wimmere und probiere trotz erhöhten Windungsdrangs ruhig liegen zu bleiben, habe ja eine gefühlt meterlange Nadel in meinem Pectoralis hängen. Immerhin: kein Vergleich zur Knochenmarkspunktion, aber trotzdem nicht besonders angenehm.

»Tut mir leid, ich weiß, das ist beschissen.«

»Yep«, presse ich durch zusammengebissene Zähne heraus. Dann ist sie fertig und hat plötzlich ein Skalpell in der Hand.

»Ich mache jetzt erstmal einen Probeschnitt, und Sie sagen mir, ob Sie noch etwas spüren.«

»Und wenn ich noch etwas spüre?«, frage ich und denke: Und wenn ich spüre, wie Sie mich bei vollem Bewusstsein aufschneiden?

Frau Tokur kann anscheinend Gedanken lesen oder hat meine bedenkenden Gedanken durchaus schon einmal ausgesprochen vernommen.

»Das ist ein ganz kleiner, oberflächlicher Schnitt und ich habe Ihnen gerade eine ordentliche Ladung Betäubungsmittel gespritzt. Sie werden, wenn überhaupt, den Schnitt spüren, diesen aber nicht als schmerzhaft empfinden.«

»Okay?«

Warum kriege ich einfach kein Aussage-Okay hin? Weil ich ihr nicht wirklich abnehme, dass der Testschnitt völlig schmerzfrei verläuft.

Da beugt sich Frau Tokur über mich, bekommt einen ganz bezaubernden, hochkonzentrierten Augenausdruck und setzt zum Probeschnitt an.

Sie hat recht. Es tut überhaupt nicht weh, allerdings kann ich trotzdem fühlen, wie das Skalpell hinter dem Splattervorhang meine Haut öffnet. Ich bin total fasziniert, so bizarr und noch nie dagewesen fühlt sich das an. Kurz überlege ich, ob ich Frau Tokur bitte, einen zweiten Probeschnitt zu machen. Dann merke ich, dass mich zwei dunkelbraune fragende Chirurginnenaugen anschauen. Ach ja.

»Es tut nicht weh, aber ich kann den Schnitt deutlich spüren. Faszinierend.« Das konnte ich mir nicht verkneifen.

»Dann gebe ich Ihnen lieber noch etwas, damit es nicht unangenehm wird, wenn wir richtig anfangen.«

»Okay!«

Haha! Ein sattes, selbstbewusstes Okay. Es geht also doch!

Frau Tokur spritzt Betäubung nach. Dann geht es richtig los. Es ist tatsächlich nicht unangenehm. Eher spannend, da ich den Druck des Gewerkes an und in meiner Brust spüre, aber sonst tatsächlich nichts. Ich sehe, wie Schwester Stephanie irgendetwas Blutiges hinter dem Splattervorhang hervorholt und in eine Schale legt. Das ist wohl mein Blut. Absurd.

Dann reicht sie Frau Tokur den Port. Am namensgebenden Zapfhahn baumelt ein kleines Schläuchlein. Ein Schläuchlein. Ein Schlauch. Ein riesiger Schlauch. Und der soll in die Vene zu meinem Herzen gelegt werden, wenn ich mich recht erinnere. Oh nein, warum habe ich nicht einfach die Augen zugemacht?

Frau Tokur schaut kurz in mein Gesicht, blickt natürlich wieder in meine Gedanken und versucht mich zu beruhigen.

»Das geht ganz schnell, wir sind gleich schon fertig. Entspannen Sie sich, so gut es geht.«

»Okay?« Shit, shit, shit – da ist es wieder! Ich versuche, mich auf Frau Tokurs hübsche und konzentrierte Augenpartie zu fokussieren. Das hilft. Wenn der Port ein Zapf-hahn ist, ist Frau Tokur dann diejenige, die zur Festeröff-nung das Fass anstechen darf? Bin ich also das Fass? Und die Chemotherapie in diesem Sinnbild dann das Oktober-fest? Aber bei mir soll es hauptsächlich reinlaufen, nicht raus. Schlechtes Bild. Aber das Krankenhaus wäre dann eine riesige Trinkhalle mit Blasmusik. Und die Schwes-tern …

»So, das war es schon. Ich nähe Sie dann mal wieder zu.« Wie, schon fertig?

Illegalize it

Meine erste Runde Chemo steht an und ich bin ziemlich gespannt, was da auf mich zu- und vor allem in mich reinkommt. Benjamin ist zur Feier des Tages ins Krankenhaus gekommen, da er momentan keine beruflichen Verpflichtungen hat. Er sitzt am Tisch, ich liege auf meinem Krankenbett herum, während zur Vorbereitung auf meine »zytostatische Therapie« literweise Kochsalzlösung in mich hineintropft. Auf meine Frage, wie stark einen so eine erste Chemoladung denn wohl mitnimmt, konnte mir meine Ärztin keine befriedigende Antwort geben.

»Deswegen sind Sie ja beim ersten Mal bei uns auf Station. Damit wir sehen können, wie Sie das vertragen.«

Es scheint mir also einen weiten Spielraum möglicher Reaktionen zu geben, wenn ich dafür am besten drei Tage lang im Krankenhaus bleibe. Die Leute in den Filmen kotzen dann ja immer die ganze Zeit. Darauf habe ich nicht so Lust. Mir wurde jedoch mitgeteilt, dass meine Therapie *eskalierend* verläuft. Ich musste sofort daran denken, wie Demonstranten mit Steinen werfen, allerdings meint eskalierend in meinem Zusammenhang schlicht: Meine Chemo wird jedes Mal stärker dosiert. Ich muss also eigentlich beim ersten Einlauf nichts zu befürchten haben. Der erste Zyklus meiner Therapie ist sozusagen das Radler meiner anstehenden Sauftour. Mit den harten Sachen und dem entsprechenden Kater darf ich mich erst gegen Ende beschäftigen.

Meine Ärztin kommt herein und hat zwei neue Beutel in der Hand.

»So – jetzt geht es los.«

Sie lächelt mich an, während sie meine Kochsalzbeutel gegen die Radlermischung austauscht. Benjamin schaut interessiert zu und ich blicke auf zu den Radlerbeuteln, die jetzt an meinem Chemohalter hängen. Sieht aus wie Wasser. Ich habe wenigstens eine giftige, absurde Farbe erwartet. Eine Farbe, die förmlich »Tod den Krebszellen!« schreit. Das grüne Blut des namensgebenden Aliens aus dem Filmklassiker. Das fraß sich dort schon tropfend durch Raumschiffdecke und -wände. Auf der anderen Seite: So was möchte man nun wirklich nicht in sich reinlaufen lassen. Ich frage dementsprechend meine Ärztin, ob die Chemo so farblos ist, damit sich die Patienten nicht ängstigen.

»Wenn Sie das intus haben, bringe ich Ihnen noch was Oranges. Ich hoffe, das ängstigt Sie nicht?«

Aha. Ohne dass meine Frage im Geringsten beantwortet ist, bin ich zufriedengestellt. Es gibt also doch Chemo in Farbe. Ich bin gespannt.

Benjamin und ich unterhalten uns über den eventuellen Wirkungseintritt meiner Druckbetankung. Es ist wie Spacecookies essen.

»Merkst du schon was?«, fragt er mich.

Eigentlich müsste ich jetzt wohl auf die Uhr schauen und merken, dass erst fünf Minuten vergangen sind, ich also gar nichts merken kann. Allerdings hänge ich mittlerweile schon eine halbe Stunde an meinem farblosen Gifttropf und das Ganze geht immerhin nicht durch den Magen, sondern direkt in meinen Blutkreislauf. Ich fühle ein ganz leichtes Unwohlsein. Aber vielleicht ist das auch nur, weil ich weiß, dass ich gerade mit giftiger Chemie vollgepumpt werde. Schwer zu sagen. Ich erzähle Benjamin von meinem gefühlten Innenleben und frage, ob er denn eine Veränderung sieht. Nichts, ich sähe aus wie immer. Etwas müde, aber sonst … Das ist ja erstmal ganz erfreulich. Was wohl das orange Zeug mit mir machen wird?

In meinem Kopf laufen Spider-Man-eske Origin-Stories ab. Durch eine einzigartige Gen-Konstellation reagiere ich (und natürlich nur ich) vollkommen extrem auf den nahenden Orangen-Shake und entwickle Superkräfte, die … was könnten die wohl Lustiges mit mir machen? Mir kommen sofort die Entscheidungsklassiker der Internetkultur in den Kopf: Lieber Gedanken lesen oder willentlich unsichtbar sein? Lieber die Zeit anhalten oder unsterblich sein? Lieber überdurchschnittliche Intelligenz oder einen überdurchschnittlich großen Penis? Wenn ich mich jetzt entscheiden müsste, ich würde für die nächsten fünfzig Jahre gerne die Unsterblichkeit nehmen und dann zur Unsichtbarkeit wechseln. So vampirmäßig alle Freunde (und Kinder! Und Enkel!) wegsterben zu sehen, stelle ich mir grauenhaft vor. Oha, und meine Mutter musste sich tatsächlich damit auseinandersetzen, ohne vampirische Unsterblichkeit. Ich kann ihren, in den ersten Diagnosewochen steinernen Gesichtsausdruck nach diesen Gedanken ein bisschen besser verstehen. Also streng genommen soll das orange Zeug ja tatsächlich genau das machen: mich für einen gewissen Zeitraum dem nahenden Tod entreißen. Der, ohne Orangina, seine mir schon auf der Schulter liegende Hand in eine erdrückende Umarmung ausweiten würde, so mein Befund. Ein grenzüberschreitender Triebtäter, dieser Tod, denke ich, muss kurz in mich hineinkichern und kehre dank Benjamins fragendem Blick wieder in die Realität zurück.

»So, hier ist ihr Farbbeutel.«

Meine Ärztin hat sich wunderbar ziel- und stilsicher auf unsere Blödeleien eingelassen. Sie hält einen Chemobeutel mit einer tatsächlich sehr, sehr orangen Flüssigkeit in der Hand.

»Erfüllt alle Klischees, das Ding«, teile ich Benjamin meine Gedanken mit.

»Sie werden begeistert sein, Ihr Urin wird davon auch orange.«

Frau Tenschert weiß beängstigend gut, welche Fakten mich interessieren.

»Und wie wirkt das so im Vergleich zu den farblosen Beuteln? Bis auf ein wenig Benommenheit merke ich eigentlich noch nichts.«

»Erfahrungsgemäß werden Sie davon ein wenig mehr benommen. Aber keine Angst, das ist eine verhältnismäßig leichte Dosierung. Geben Sie einfach Bescheid, falls Ihnen schlecht wird oder sich etwas komisch anfühlt.«

»Benni – der rote Knopf an meinem Bett, falls ich vom Stuhl kippe!«

»Aye, aye, Sir!« Benjamin tippt sich mit der Hand an seine imaginäre Matrosenmütze.

Frau Tenschert wechselt lächelnd den leeren gegen den orangen Beutel aus und verabschiedet sich.

»Die Farbe zu pinkeln, sieht bestimmt richtig komisch aus.« Benni bringt uns zurück zu den wichtigen Fakten.

»Yep, ich bin schon ganz gespannt.«

Das orange Zeug ist wie gutes Gras. Ich sitze mit Benjamin und meinem fahrbaren Tütenhalter am Tisch, orange tropft es in mich hinein. Wir versuchen, uns mit markanten Sprüchen aus dem *300*-Film zu übertreffen, die sich auf den Kampf gegen meine Comedians übertragen lassen. Plötzlich sitze ich halb neben mir und schwimme durch das Meer meiner viel zu schnell brechenden Gedankenwogen.

»Wirke ich grad irgendwie … anders?«, frage ich Benjamin, der mir daraufhin prüfend in die Augen schaut.

»Du siehst aus, als hättest du einen geraucht, Dicker.«

Wer hätte das gedacht? Ich erzähle begeistert von meiner neuen Wahrnehmung und frage die Schwester, ob wir mit dem Tütenhalter (Gras – Joint – Tütenhalter – ich kann die doppeldeutige Witzigkeit kaum fassen!) einen Ausflug auf die Terrasse des Krankenhauses machen dürfen. Wir dürfen. Wir stehen als einzige Frischluftschnuppernde nebeneinander in der Nachmittagssonne, rechts von mir Benjamin, links von mir der fahrbare Tütenhalter, an dem ich mich vorsichtshalber festhalte. Es ist wunderschön. Das Licht, die frische Luft, unsere Gespräche und vor allem: die Begeisterung, dass ich statt Übelkeit nun einen ziemlich guten Rausch erleben darf. Und das nicht zum letzten Mal. Das orange Zeug steht noch insgesamt fünf Mal auf meinem Tankplan. Das wird ein Spaß!

Ich erzähle Benjamin von meiner Erleichterung und wir planen zusammen Playlisten für meinen nächsten Orange-Tag. Ich liebe es, Musik zu hören, wenn ich Marihuana-bedingt bewusstseinserweitert bin – warum sollte ich für meinen nächsten Orange-Trip nicht einen MP3-Player parat haben, um die überraschend spaßigen Seiten meiner Chemo voll auszukosten. Ein wenig Rest-Respekt bleibt vor dem Maß der zu erwartenden Eskalation meiner Therapie. Solange sich die Übelkeit dabei weiterhin zurückhält und die Trips einfach stärker werden, halte ich das allerdings für durchaus machbar. Auf Nachfrage meiner Ärztin erzähle ich ihr später begeistert von meinen Erlebnissen unter Einfluss der orangen Flüssigkeit. Sie lächelt.

»Na dann, genießen Sie es einfach.«

Oh, das werde ich.

Robert mit dem Tumor

Während meiner stationären »Wie reagiert er wohl auf die Chemo«-Zeit im Klinikum habe ich viel Zeit und wandle entsprechend viel auf den Krankenhausfluren umher. Es gibt hier jede Menge Trimmräder, die wahrscheinlich schon lange nicht mehr so genannt werden. Sollte ich als ehemaliger Sportstudent eigentlich wissen. Spinning-Räder sind es jedenfalls nicht. Ich bleibe gedanklich bei Trimmrädern. Da sich mein Leben gerade in gefühlter Lichtgeschwindigkeit wogend ändert, greife ich nach jeder Konstante, die ich kriegen kann. Es gibt zudem diese mich gestern noch so verzückende, aber bei Nüchternheit betrachtet sehr karge Dachterrasse, wo nie Patienten (ist ja die Onkologie hier!), aber immer Ärzte (ist ja die Onkologie hier?) rauchen. Die Ärzte sind sehr rücksichtsvoll und stellen sich immer ganz weit weg von den Patienten, damit wir nicht Passivrauchen müssen, während sie unsere Überlebenschancen diskutieren. Wie absurd denke ich, wenn ich jetzt Lungenkrebs hätte und hier mit einlaufender Chemo meinen behandelnden Arzt beim Rauchen träfe.

Mein Zimmer ist für zwei Krebskranke ausgelegt, die erste Nacht war ich allerdings tatsächlich alleine dort. Heute zieht mein Mitbewohner für drei Tage ein, er heißt Robert. Robert ist etwa zehn Jahre älter als ich und hat die ultimative Arschkarte in Sachen Krebs gezogen. Leukämie, also

Blutkrebs, weswegen neben seiner schon laufenden Chemo eine Stammzelltransplantation ansteht, die wohl nicht gerade meine Neunzig-zu-zehn-Heilungschancen hat. Und das Sahnehäubchen (sagt er!): Hinter seinem rechten Auge wächst wohl auch noch ein Hirntumor vor sich hin. Man kann es sehen, sein rechtes Auge steht tatsächlich ein gutes Stück hervor. Er sieht komischerweise trotzdem auf den ersten Blick vollkommen normal aus. Robert ist verblüffend guter Dinge und erscheint mir unfassbar abgeklärt. Er kenne das jetzt schon seit zwei Jahren und nehme die Dinge eben, wie sie kommen. Was soll er denn rumheulen, davon werde das auch nicht besser. Ich habe absurderweise ein schlechtes Gewissen, als ich ihm von meiner Weicheier-Diagnose erzähle. Es ist mir tatsächlich peinlich, ihn im Lebenserwartungsquartett zu stechen. Aber lieber Peinlichkeit fühlen, als mit seinen Karten klarkommen zu müssen, ganz ehrlich. Das sage ich natürlich nicht laut.

Robert bekommt heute zeitgleich mit mir seine Chemo verabreicht und so stehen zwischenzeitlich zwei weiß bekittelte Schwestern in unserem Zimmer und verkabeln uns mit den einzutröpfelnden Drogen. Beide Beutel sind heute farblos und hängen am Chemo-Tütenhalter, der oben aussieht wie der hakenanbietende Teil einer Garderobe und unten wie der rollende Teil eines Schreibtischstuhls. Ich schlage scherzhaft im Beisein der Beutelschwestern vor, dass Robert und ich doch ein Rennen auf eben diesen fahrbaren Beutelhaltern über den Klinikflur machen sollten. Die sind nicht überzeugt und schlagen uns stattdessen einen Besuch auf der Klinikterrasse vor.

»Du würdest das Rennen auf jeden Fall gewinnen!«, steuert Robert seine Meinung bei.

»Meine Hüfte ist vom letzten Krebsbefall völlig hinüber.«

Er hat einfach die Arschkarte gezogen, denke ich, während wir unsere verhinderten Rennbeutelhalter gemächlich zur Zimmertür schieben.

Wir stehen mit unseren vor sich hin tropfenden Chemobeuteln auf dem Klinikbalkon, in einer Ecke rauchen unsere weiß bekittelten potenziellen Lebensretter. Wir unterhalten uns über Krebsfilme und die teilweise überdrehte und/oder in unseren Augen realistische Dramatik darin. Wir haben beide »Chrigu« gesehen, eine Dokumentation über das krebsbedingte Sterben eines jungen Mannes, der sich dabei von seinem besten Kumpel filmen lässt. Zuvor hatte ich noch überlegt, ob ich wohl den ganzen Film heulen muss, dem war allerdings nicht so. Bis auf eine Szene: Als schon klar ist, dass der namensgebende Christian »Chrigu« sterben wird, sind seine Eltern im Krankenhaus zu Besuch. Die Handkamera fängt Christians Vater ein, der seinen zum Tode verurteilten Sohn liebend und emotional vollkommen zerrüttet ansieht. Da brachen bei mir alle Dämme. Ging Robert nicht so, der fand den ganzen Film einfach doof, weil ihm Christian unsympathisch war.

»Ich hatte tatsächlich ein schlechtes Gewissen, weil der ja gestorben ist. Den darf man ja eigentlich schon allein deshalb nicht blöd finden.«

Aber die Sache mit dem trübseligen Vater kann Robert natürlich nachvollziehen. Er hat eine sechsjährige Tochter.

»Ich probiere einfach jeden Tag zu Hause etwas Besonderes mit Ida zu machen. Jeden Tag eine Sache. Wer weiß, wie lange dieser Scheiß hier noch gut geht?« Er deutet auf sein Tumorauge, dann auf seinen ganzen Körper.

»Das ist das wirklich Beschissene, dass Ida eventuell ihren Vater verliert. Wahrscheinlich hätte ich schon längst das Handtuch geworfen, wenn ich keine Tochter hätte.«

Und dann schweigt Robert und blickt über die rauchenden Ärzte hinweg in die Ferne. Und während er schätzungsweise über Ida sinniert und die vielen besonderen Dinge, die er noch täglich mit ihr unternehmen will, hat er plötzlich den gleichen Gesichtsausdruck wie Christians Vater in »Chrigu«. Irgendeine Mischung aus Liebe und Verzweiflung liegt in seinem Blick und dieses Bild zerstört mich auch diesmal vollkommen. Ich stehe still weinend neben Robert in der Sonne, eine Hand an meinem Chemobeutelhalter. Robert schaut mich irgendwann an und nimmt mich in den Arm. Unsere Beutelhalter klirren leise aneinander, während ich seine Schulter feuchtheule.

»Der ganze Scheiß muss auch mal raus. Man kann ja nicht immer cool und sexy sein.«

Sagt der wahrscheinlich coolste Krebspatient Heidelbergs mit dem sexy vorstehenden Auge.

Onkopsychologie

Ich habe einen Termin bei der mir bereitgestellten Onkopsychologin. Nicht, dass mich mein Heul-Anfall mit Robert auf der Terrasse des Klinikums in komplette geistige Zerrüttung gestürzt hätte. Ich komme schon klar. Ich komme wahrscheinlich sogar verhältnismäßig gut klar, habe ja auch eine verhältnismäßig rosige Diagnose. Aber wie Robert so schön sagte:

»Der ganze Scheiß muss auch mal raus!«

Und ich mache jetzt quasi eine professionelle Reinigung meiner Psyche, damit sich nichts ablagert, die einfach länger hält und nicht nach dem dritten Chemozyklus plötzlich gebohrt werden muss. Was auch immer »bohren« in diesem Bild zu bedeuten hat. Die Psyche aufbohren und die geistige Karies entfernen? Sehr, sehr unschönes Bild, lassen wir das lieber.

Jedenfalls habe ich in einem praktischen Beipackzettel zu meiner Therapie gelesen, dass viele Menschen nach einer solchen Chemotherapie am so genannten »Fatigue-Syndrom« leiden und ihr Leben subjektiv angestrengt nur noch schwerlich auf die Reihe bekommen oder bestenfalls sehr schnell Dinge des tägliches Lebens als sehr belastend empfinden. Das würde ich schon gerne umgehen, ich möchte doch feiern und durchstarten, wenn sich der Vorhang nach diesem absurden Theaterstück schließt und das »normale« Leben auftreten darf.

Frau Engelmann sieht auf jeden Fall sehr kompetent und freundlich aus, wie sie da in ihrem Behandlungszimmer vor mir sitzt und mir zuhört.

»Erzählen Sie einfach mal, warum Sie zu mir kommen wollten.«

Ich erzähle. Detailliert und beschwingt. Es tut gut, den bisherigen Verlauf dieser ganzen Scheiße irgendwie rekapitulierend in Worte zu fassen. Frau Engelmann sitzt mir gegenüber und hört interessiert zu. Dann fragt sie mich nach Anni, meinen Eltern, meinen Freunden, der Anteilnahme, den Reaktionen auf meine Krankheit, meinen potenziellen Sorgen.

»Eigentlich mache ich mir seit der Diagnose keine Sorgen mehr um meine Gesundheit. Aber diese Fatigue-Geschichte würde ich gerne möglichst umgehen. Haben Sie da Tipps?«

Eine konkrete und perfekt vorbeugende Anti-Fatigue-Strategie gibt es wohl momentan noch nicht, so lerne ich. Aber ein paar sinnvolle Bausteine zum wiedererstarkt Durchstarten sind wohl schon wissenschaftlich erforscht und belegt, einer dieser Bausteine ist: viel Sport.

Na gut, das sollte hinzukriegen sein. Ich nehme mir also vor, ein Jahr nach Ende meiner Therapie einen Halbmarathon zu laufen. Das sollte mich in eine sinnvolle sportliche Routine zwingen. Und hundert Liegestütze schaffen. Ich bin mir überhaupt nicht sicher, wie realistisch das ist. Hundert Liegestütze sind schon eine Menge, so was habe ich am Stück noch nicht einmal probiert. Aber auch das ist ein Ziel, das mich in ein regelmäßiges Training nach Ende meiner Therapie zwingt.

Des Weiteren lerne ich, dass ich nach Ende meiner Chemo Anspruch auf eine Reha habe. Drei Wochen!

»Das müssen Sie aber nicht machen. Ich könnte mir gut vorstellen, dass Sie lieber drei Wochen Urlaub mit Ihrer Freundin machen würden.«

»Klingt durchaus verlockender.«

»Denken Sie einfach mal darüber nach. Sie können das Frau Tenschert gegen Ende der Therapie einfach mitteilen.«

Jetzt habe ich aber schon ein wenig Bammel, wenn die Standardmaßnahme für das Ende einer Chemo wie meiner DREI WOCHEN Reha ist, was erwartet mich dann wohl noch?

»Machen Sie sich keine Sorgen, die meisten Patienten sind ja viel älter als Sie und stecken das rein körperlich nicht so leicht weg. Da haben Sie mit Ihrem Sportstudium eine ganz gute Grundlage.«

»Deshalb habe ich das ja auch überhaupt studiert.«

Musste sein, ich konnte einfach nicht anders. Frau Engelmann lächelt mich an.

»Wenn Sie das genauso weiter angehen, mache ich mir bei Ihnen überhaupt keine Sorgen. Sie können natürlich jederzeit noch einmal zu mir kommen. Ich sehe allerdings akut bei Ihnen keinen Bedarf. Machen Sie einfach, was sich gut anfühlt. In fünf Monaten sind Sie wieder gesund.«

»Alles klar, mache ich.«

Dann stehe ich wieder vor Frau Engelmanns Zimmer und fühle mich wahnsinnig gut. Ich möchte sofort eine Menge Liegestütze machen, joggen gehen und scherzhafte Bemerkungen über meinen Gesundheitszustand machen. Und dann wieder vollkommen gesund werden und nicht vom Fatigue-Monster heimgesucht werden. Wenn ich dieses Monster auch einem Comedian zuordnen müsste, dann wäre es wahrscheinlich die Entsprechung eines sehr, sehr langsam redenden Rüdiger Hoffmann.

»Ja, hallo erstmal, ich bin das Fatigue-Monster«, springt mein Kopfkino an.

Aber Rüdiger Hoffmann habe ich als Jugendlicher eigentlich immer gerne gehört und sogar mal eine Show besucht. Vielleicht lieber ein anderes Bild. In meinem Deutsch-Leistungskurs gab es ein Mädchen, das immer sehr, sehr langsam geredet hat. Barbara und ich hatten schnell einen passenden Spitznamen gefunden: die Kurbel. Da wir beide das Bedürfnis hatten, die Geschwindigkeit ihrer Unterrichtsbeiträge an ihrem Sprachzentrum kurbelnd zu beschleunigen. Wenn ich so darüber nachdenke, hätten wir sie wohl besser »die eine Kurbel Benötigende« nennen sollen. Na ja, Kurbel sagt sich schon besser, ich kann unsere Oberstufen-Ichs schon verstehen. Die war jetzt auch nicht besonders doof oder sonst irgendwie nervig. Aber das Fatigue-Monster von vornherein als dösige Pappnase zu imaginieren ist bestimmt sinnvoll.

Daheim probiere ich gleich die Liegestütze aus. Ich scheitere bei zwölf. Dann gehe ich joggen. Nach etwa drei Kilometern ist Schluss mit Puste und ich schleppe mich nach Hause. Wow, das ist schon ein Vorhaben, der Halbmarathon und hundert Liegestütze.

Anni ist noch bei der Arbeit und so rufe ich Barbara an und erzähle ihr von meinem Gespräch, meiner Psychoprognose und meinen Plänen.

»Es wäre sicherlich interessant, wenn du jetzt jeden Tag deinen körperlichen Verfall notierst.«

Vollkommen pragmatisch steigt Barbara in meine Überlegungen ein.

»Und nach der Chemo kannst du dann messen, ob du schneller wieder fit wirst, als du abgebaut hast.«

»Ich muss mich selbst bezwingen, dann hat auch die Kurbel keine Chance!«

»Genau!«

Na, da habe ich mir jetzt aber ein Projekt an Land gezogen. Ich bin gespannt, wie lange ich die Messungen noch in der Lage bin durchzuführen.

Nach unserem Telefonat bin ich vollkommen dem Trainingseifer verfallen. Die Chemo wird schon nicht meinen Muskelaufbau aufhalten können, denke ich und mache über die restlichen zwei Stunden des Nachmittags verteilt insgesamt hundert Liegestütze. Danach bin ich schlapp und glücklich.

Anni kommt von der Arbeit und sieht mich vollkommen fertig auf dem Sofa liegen.

»Ist die Chemo so schlimm?«, fragt sie besorgt.

»Nee, ich habe heute hundert Liegestütze gemacht und war joggen.«

»Die Psychoonkologin scheint brillant zu sein.«

»Falls das ein Trick von ihr war, ist ihr Plan voll aufgegangen.«

Anni schaut lächelnd auf das gut gelaunte Sofawrack vor ihr.

»Und was hat sie noch so gesagt?«

»Dass wir nach dem ganzen Scheiß drei Wochen Urlaub zusammen machen sollen, bevor ich mit meinem Training für den Halbmarathon anfange.«

»Die scheint wirklich gut zu sein.«

Finde ich auch.

Pulp Fiction

Nadeln von zu empfangenden Spritzen versetzen mich in Angst und Schrecken. Als Kind war ich einmal wegen Polypen im Krankenhaus und sollte durch eine Spritze in den Hintern narkotisiert werden. Ich schrie und weinte fürchterlich und mein Vater musste mich festhalten, damit der Arzt nicht durch den Aktionsradius meiner in Schrecken und Verzweiflung strampelnden Beine verletzt werden konnte. In meiner Erinnerung wächst diese Spritze von Jahr zu Jahr. Mittlerweile hat sie in meinem Kopf die Ausmaße einer Literflasche angenommen.

Eigentlich sollte sie nun wieder zu schrumpfen anfangen, da in den letzten Wochen alle paar Tage eine Nadel in mich hineingesteckt wurde. Und mittlerweile ist es mir peinlich, wehklagend zu zappeln, um damit vielleicht doch meinem Schicksal entgehen zu können. Und: Wahrscheinlich würde ich sterben, wenn ich mich erfolgreich den Nadeln entzöge. Ich habe also stillschweigend den piksenden Horror ertragen und würde mich diesbezüglich schon als einigermaßen abgebrüht bezeichnen. Man wächst mit seinen Aufgaben, heißt es ja so schön. Und heute drückt mir meine Ärztin ein Paket Dünger für meine Abwehrkräfte in Form eines Rezeptes in die Hand.

Mit diesem schlichten Stück Papier werde ich in der Apotheke eine unglaublich teure Spritze erwerben können.

»Die können Sie sich selbst in die Bauchdecke geben, das ist ganz einfach«, erklärt Frau Tenschert und schaut mich fragend an. Ich überlege, wie ich möglichst souverän auf diese Schreckensnachricht reagieren soll und bringe nur ein heiseres, leicht skeptisches »Okay?« heraus.

»Wir können das auch einmal zusammen üben, wenn Sie das möchten.«

Was erzählt sie mir da? Einmal mehr mir selbst eine Spritze in die Wampe rammen, um zu üben? Niemals! Ich versichere ihr, dass ich mich durchaus in der Lage fühle, mir ohne Vorkenntnisse eine Spritze zu geben. Wenn Frau Tenschert so souverän wie meine Portchirurgin Frau Tokur in meinen Kopf schauen könnte, würde sie wahrscheinlich auf die Testrunde bestehen …

Ich sitze zu Hause auf dem Sofa und habe eine sehr, sehr teure und dafür sehr, sehr kleine Spritze in der Hand. Das Teufelszeug soll meine durch die Chemo arg strapazierten Abwehrkräfte vor dem totalen Kollaps bewahren. Ist also wichtig, vielleicht sogar lebenswichtig, dass ich mir heute (der Tag ist wirklich genau vorgegeben, steht so in meinem Therapiefahrplan) den rettenden Schuss setze. Die Nadel der Spritze ist wahnsinnig dünn, das macht mir Mut. So dünn wie Nadeln beim Impfen etwa, eher noch dünner. Und die sind auch immer schmerzhafter in meinem Kopf als in Wirklichkeit.

Der mitgelieferten Anleitung folgend schiebe ich mit der linken Hand ein wenig Bauchspeck zusammen, meine Rechte hält die Spritze und ist bereit. Im Krankenhaus hat Frau Tenschert mir noch gesagt:

»Einfach nicht drüber nachdenken und rein damit.«

Wie zum Teufel soll ich da jetzt nicht drüber nachdenken. Gedanklich sehe ich Vincent Vega über Mia Wallace knien, die rettende Adrenalin-Spritze in der Hand. Die Großaufnahme der Nadel, dann John Travoltas Gesicht, seine zuckende Lippe. Bei der angezählten »Drei« zögert er nicht und rammt Uma Thurman die Nadel ins Herz.

Anzählen scheint also der Schlüssel zum Erfolg zu sein. Bei drei oder nach drei? Lieber nach drei, das dauert noch länger. Ich überprüfe meinen Griff um Speck und Spritze und beginne gedanklich zu zählen: Eins … zwei … drei … ich atme tief ein und: traue mich doch nicht. Die Nadel ist etwa einen Zentimeter über meinem Bauch. Ich könnte kotzen. Wie oft werde ich wohl noch anzählen und mich nicht trauen? Nach einer guten Viertelstunde stellt sich heraus: genau sieben Mal.

Beim achten Versuch bin ich so genervt von meiner Angst, dass ich mir die Nadel einfach ganz langsam in meinen Bauchspeck schiebe. Es tut fast gar nicht weh. Ich greife um und drücke mir den edlen Spritzeninhalt in den Körper. Ganz kurz überlege ich, ob ich die Spritze nicht komplett loslassen könnte und sie dann stecken und vor allem stehen bliebe. Dann ziehe ich sie aus mir heraus und atme tief durch. Ich bin der Lymphoma Fucker, bitches! Yeah! Fühlt sich an wie nach meinem ersten und einzigen Bungee-Sprung, als die lähmende Angst vor dem Absprung dem prickelnden I-did-it-und-hui-war-das-geil-Adrenalin weiter unten Platz machte. Das Tolle ist: Ich darf mir so eine Spritze noch insgesamt fünf Mal selbst verabreichen. Wie ich das finde, weiß ich gerade nicht. Ich bin nur froh, dass es bis zur zweiten noch drei Wochen dauert.

Perspektivische Tiefkühlkost

Robert hat mir während meiner stationären Betankungs-
zeit im Klinikum ein paar Tipps für die anstehende Eska-
lationsphase meiner Chemo gegeben.

»Du wirst irgendwann nicht mehr viel Kraft für nichts
haben. Auch nicht zum Kochen. Besorg dir Fertiggerichte.«

Ich weiß nicht, was der aktuelle Stand seiner Lebenserwartung ist. Beim letzten Gespräch zitierte er Studien-
ergebnisse mit einer Erfolgsquote von unter fünfzig Prozent. Alles andere sei bei ihm bereits gescheitert.

Mein Kopf hat ja schon längst ein recht interessantes Ei-
genleben entwickelt, wenn es darum geht, mit dieser Form
von Nachrichten umzugehen und während ich Anni von
Roberts Tiefkühlkost-Tipps berichte, sehe ich Robert und
mich schon in einem Kriegsfilmszenario:

Wir liegen beide in einem Schützengraben, um uns herum das Soldat-James-Ryan-eske Chaos von Krieg und
Tod. Kugeln, Granaten, Schreie in der Luft. Wir kauern
nebeneinander. Robert ist schwer verletzt, blutet heftig aus
einer Wunde am Bauch. Er zieht mich zu sich herunter.
Trotz des Kriegswahnsinns wird alles um uns herum ganz
leise. Mit letzter Kraft und dennoch fester Stimme gibt er
mir noch etwas mit auf den Weg, denn der rettende Heli-
kopter naht bereits:

»Besorg dir Fertiggerichte.«

Schnitt. Zwei Jahre später. Ich stehe am Herd, leere eine Frosta-Tiefkühlkost-Tüte in meine Pfanne. Auf einer Kommode ein Bild von Robert. Natürlich in Schwarz-Weiß.

Tatsächlich hoffe ich sehr, dass Robert – der coolste Krebspatient aller Zeiten – im Gegensatz zu meiner Filmszene noch ein langes Leben führen darf. Es macht mich immer noch vollkommen fertig, wenn ich daran denke, wie er mir auf der Klinikterrasse über die eventuell bald zu Ende gehende Zeit mit seiner Tochter erzählt hat. Was habe ich für ein verdammtes Glück gehabt.

»Wir brauchen eine Tiefkühltruhe.«

Ich erzähle Anni von Roberts Blick in die Zukunft meiner eskalierenden Chemotherapie. Sie überlegt kurz und nickt.

»Klingt schon sinnvoll, daran habe ich auch noch gar nicht gedacht. Sollen wir gleich los?«

Eine Frau der Tat. Es geht sofort ins Auto und dann in den nahe gelegenen Mediamarkt.

Was für eine unglaubliche Auswahl es an Tiefkühltruhen gibt. Beziehungsweise, das lerne ich schnell: Wir suchen gar keine Tiefkühltruhe, sondern einen Gefrierschrank! Der Mitarbeiter des Mediamarktes, Herr Heumann, klärt uns in irrsinnigem Tempo über die Vorzüge verschiedener Modelle auf. Abtausperenzchen, verschiedene Gefriertemperaturen (ich dachte immer, einfrieren ist einfrieren) und so einiges mehr. Anni und ich stehen vollkommen überrannt sowie paralysiert von Herrn Heumanns Expertise und Belehrungsgeschwindigkeit da und lassen die Informationsflut über uns spülen. Irgendwann erwache ich aus der Heumann-Trance und traue mich, unser Anliegen etwas zu konkretisieren:

»Wir hätten eigentlich nur gerne einen preiswerten, möglichst kleinen Gefrierschrank für bis zu zehn Fertiggerichte.«

Herr Heumann hält inne und wir können regelrecht sehen, wie sein bisheriges Bild von uns zerbröckelt (das junge Akademikerpaar möchte sein Nest einrichten) und ersetzt wird durch: Generation Y ist sogar zu faul zum Kochen!

»Dann ist wohl dies hier das richtige Modell für Sie.«

Herr Heumann deutet (fast schon gelangweilt, bilde ich mir ein) auf ein kleines, weißes Schränkchen, das sich preislich wesentlich von den bisher vorgestellten Modellen unterscheidet.

»Preiswerter geht es nicht, das Gerät ist dafür sogar verhältnismäßig energieeffizient.«

»Gekauft!« Ich bin bereits vollkommen überzeugt und kann mich sowieso nicht mehr auf viel mehr Modelle konzentrieren. Die Chemo fordert erste körperliche wie geistige Konditionsopfer.

»Sollen wir nicht noch ein paar andere anschauen?« Anni schaut mich skeptisch von der Seite an, kann aktuell nicht zwischen chemo- und themenbedingter Geduldlosigkeit bei mir unterscheiden.

»Wir verkaufen das Ding doch in sechs Monaten sowieso wieder.«

Ich sehe nicht, warum wir nach Ende meiner Therapie noch einen Gefrierschrank besitzen müssten. Auch wenn das meine Filmszene mit Robert natürlich torpediert. Aber, der soll ja auch nicht wirklich sterben, das wäre furchtbar.

»Alles klar, dann nehmen wir den.« Anni lässt sich angenehm schnell überzeugen.

»Darf ich fragen, warum Sie den Gefrierschrank in sechs Monaten wieder verkaufen wollen?«, meldet sich Herr Heumann zu Wort.

Anni wirft mir einen konversationseinleitenden Blick zu.

»Ich mache gerade eine Chemotherapie und mir wurde geraten, auf Fertiggerichte zu setzen, wenn ich zu schlapp zum Kochen bin. Für danach reicht unser Mini-Gefrierfach im Kühlschrank.«

Wir können in Herrn Heumanns Gesicht ablesen, wie seine missmutige Generation-Y-kocht-nicht-Annahme einem tiefen Mitgefühl weicht.

»Das tut mir leid. Sie sehen aber noch ganz fit aus. Ich war tatsächlich auch mal betroffen. Morbus Hodgkin. Da war ich Anfang dreißig.«

Ich glaub es nicht. Herr Heumann ist ein Hodgkin-Veteran. Ich hebe meine Hand.

»Was für ein Zufall. Hodgkin-Five!«

Herr Heumann zögert einen Moment und schaut meine wartende Einschlaghand irritiert an. Dann gibt er mir fünf und lacht.

»Dinge, die man zum ersten Mal macht, was?«

»War auch mein erster Hodgkin-Five.«

»Bei mir ist das ja schon fünfzehn Jahre her, da hat sich viel getan in der Therapie. Aber es war gegen Ende schon sehr anstrengend. Insofern: gute Idee mit den Fertiggerichten.«

»Eine ganz wichtige Frage habe ich noch an Sie.« Ich muss es einfach wissen.

»Sind Sie von dem orangen Chemobeutel auch breit geworden?«

»Breit?«

»Im Sinne von bewusstseinserweitert.«

»Nee, mir war hauptsächlich schlecht. Und tatsächlich besonders schlecht nach dem orangen Beutel.«

Sieh mal einer an, ein Hoch auf die medizinische Forschung! Von Übelkeit zu breit – das sind schon tolle Ergebnisse. Ob das irgendein forschender Arzt in der Wirkung so konzipiert hat? Oder ist es Zufall, dass ich darauf so gut reagiere? In der Tagesklinik bin ich immer der Einzige mit einem orangen Beutel und davon ausgegangen, dass die anderen Gebeutelten wohl eine andere Sorte Krebs haben, die andere Chemikalien erfordert. Sorte Krebs, hört sich an wie Speiseeis. Eine andere Art Krebs vielleicht. Besser.

Jedenfalls hat dieser findige Forscher irgendwann herausgefunden, dass er vor einer medizinischen Weggabelung steht:

»Entweder Übelkeit oder Breitheit – Chef, wie soll ich die Rezeptur anpassen?«

Der Chef dreht sich in seinem riesigen Chefsessel um und zieht an einem ebenso riesigen Joint. Ausatmend teilt er rauchig-dumpf seine Entscheidung mit:

»Was ist denn das für eine dumme Frage, Kadett Schopenhauer?! Wenn wir Übelkeit verhindern können, dann machen wir das natürlich!«

»Jawohl, Chef!«

Schopenhauer verlässt den Raum. Der Chef lehnt sich entspannt mit seiner Monstertüte im Sessel zurück. Er nimmt noch einen tiefen Zug und ascht in ein großes, rotgrüngelbes Keramikhanfblatt.

»Dafür bekommen wir den Nobelpreis.«

Anni stößt mich von der Seite an.

»Sollen wir dann mal bezahlen?«

»Äh, ja. Natürlich.«

Herr Heumann hat mir brav beim Träumen zugeschaut und verabschiedet sich mit den Worten:

»Dann alles Gute für die nächsten Monate. Und ich schau mal, ob Sie auf den Gefrierschrank nicht einen Nachlass bekommen können.«

»Danke!«, singen wir ihm zweistimmig hinterher.

Herr Heumann tut mir schon ein wenig leid, dass er seine Hodgkin-Chemo VOR der größten medizinischen Forschungsrevolution der letzten zwanzig Jahre durchstehen musste.

Der Mann von der Tankstelle

Nachdem ich die erste Druckbetankung meiner Chemotherapie aus Sicherheitsgründen stationär in der Klinik erleben durfte, bin ich nun für weitere Einläufe in der Tagesklinik zugelassen. Obwohl ich noch nie dort war, existiert in meinem Kopf ein ziemlich detailliertes und nicht besonders einladendes Bild, geprägt von Film und Fernsehen. Ich sehe mich mit viel zu vielen traurigen Todgeweihten auf unbequemen Plastikstühlen sitzen, während uns abwechselnd schlecht wird, es aber nur ein ganz schäbiges Klo zum Übergeben gibt. Und natürlich hat jemand sämtliche warmen Farben aus dieser Szene entfernt und durch kränkelnde Grautöne ersetzt. Mal sehen, was die Realität zu bieten hat.

Ich komme pünktlich zur Rezeption, werde sogleich freundlich begrüßt und gebeten, noch kurz im Wartebereich Platz zu nehmen. Die Rezeptionistin konnte sogar auf Anhieb meinen Nachnamen richtig aussprechen. Das kommt nicht besonders häufig und fast nie ohne Nachfragen vor. Ob die das in ihrer Ausbildung wohl lernen, die Patientennamen vorher einmal zu üben, damit sich die richtig Angeredeten dann ein wenig mehr als Mensch und ein wenig weniger als Nummer fühlen? Es gibt bestimmt Studien, die belegen, dass solche kleinen Maßnahmen dem Heilungsprozess zuträglich sind. In der Serie *Scrubs* haben die Ärzte in einer Folge Fotos auf ihren Namensschildern anbringen müssen, da dies wohl erwiesenermaßen die Verbindung zwischen Patienten und Arzt und damit die Genesung nach vorne bringt.

Der Wartebereich ist mit circa sechs anderen Patienten ungefähr zu einem Drittel besessen. Den Mützen nach zu urteilen, tragen vier davon schon Glatze. Zwei Herren mittleren Alters sind wohl gerade erst am Anfang ihrer Chemo und obenrum noch eindrucksvoll bewaldet. Oder die beiden warten einfach auf ihre Partner, das kann natürlich auch sein. Die Stimmung lädt nicht gerade zum Amüsieren ein, alle sehen mehr oder weniger schlecht gelaunt aus und warten stumm. Kein Wunder eigentlich, ich bin wahrscheinlich einer der ganz wenigen Neunzig-zu-zehn-Prozent-Patienten hier. Mit fünfzig zu fünfzig würde ich sicherlich auch nicht vor Freude überschäumen. Sofort habe ich wieder ein schlechtes Gewissen, dass ich so verhältnismäßig wenig schlimm krank bin. Was für ein Blödsinn, aber es ist so.

Eine Frau um die sechzig setzt sich neben mich und möchte wissen, ob ich zum ersten Mal hier sei. Ich bejahe und sie fragt mich nach meinem Alter.

»Ich werde nächstes Jahr dreißig.«

»Ach, Sie Armer. Ich habe ein langes Leben gehabt, Sie sind doch noch so jung!«

Oh nein, jetzt fühle ich mich noch schlechter. Und ich weiß natürlich nicht, ob die Frau mit dem langen Leben jetzt eine pessimistische Neunzig-zu-zehn-Patientin ist oder ihre Zwanzig-zu-achtzig-Chance einfach realistisch einschätzt.

»Ich habe vor, hiernach noch ein langes Leben zu führen«, entgegne ich und merke dabei sofort, dass diese Aussage natürlich genauso wenig über meine Chancen preisgibt wie ihr Mitleid zuvor über die ihrigen.

»Das wünsche ich Ihnen von ganzem Herzen«, sie drückt meine Hand und geht zur Toilette.

Sichtlich verwirrt bleibe ich im Wartebereich sitzen und merke viel zu spät, dass eine Schwester mit fragendem Blick neben mir steht und meinen Namen wiederholt.

»Herr Fissenewert?«

»Äh, ja. Hier.«

»Ich bin Schwester Maike. Kommen Sie bitte mit, wir können jetzt anfangen.«

Im Gegensatz zum Wartebereich ist das eigentliche Tankstellenzimmer eine kleine Oase. Das große Zimmer ist hell und warm, in der Mitte des Raums stehen eine überdimensionierte Obstschale und diverse Wasserflaschen. Nur vier von den insgesamt acht Chemostationen sind bereits belegt, ich darf mir also eine aussuchen. Wobei es Techno-Sessel besser beschreibt: Jeder Teil der sehr bequem aussehenden Ledersessel ist per Fernbedienung kipp- und höhenverstellbar. Neben jedem Sessel gibt es einen schwenkbaren Tisch und einen kleinen Bildschirm. Wer hätte das gedacht?

»Ihre Jacke können Sie hier drüben aufhängen. Kommen Sie dann bitte einmal mit mir hinter den Vorhang?«

Hinter dem Vorhang sticht Schwester Maike meinen Port an und erklärt mir den Ablauf meines Einlaufs.

»Sie können es sich hier einfach gemütlich machen, wir sorgen dafür, dass Sie alles bekommen – also zu essen, zu trinken, Ihre Medikamente und natürlich Ihre Chemo. Haben Sie Kopfhörer dabei?«

»Äh, ja.«

»Mit denen können Sie den Fernseher benutzen.« Sie deutet auf den kleinen Bildschirm an meinem auserwählten Wohlfühlsessel.

»Falls Sie die einmal vergessen, einfach fragen – wir haben hier auch welche.«

»Okay.«

Dann folgt eine kurze Einweisung in die Verstellbarkeit meines Sessels und wenig später lasse ich meine Beine hochfahren und liege in meinem wirklich außerordentlich bequemen Chemostuhl.

Kurz darauf steht Schwester Maike mit einem Beutel SuperPlus vor mir und fragt nach meinem Geburtsdatum.

»Damit es keine Verwechslungen gibt – alles schon mal vorgekommen.«

Sie verkabelt mich mit dem langsam tropfenden Chemobeutel, bringt mir Medikamente, Wasser und eine Banane.

»Das dauert jetzt etwa zwei Stunden. Falls Sie schlafen wollen, wir haben auch Decken hier.«

»Danke, das passt schon.«

Ich lehne mich auf meinem Techno-Sessel zurück und lasse einlaufen.

So schön der Raum auch eingerichtet ist, so unkommunikativ geht es darin zu. Wir liegen alle schweigend auf unseren Sesseln, die Frau in meinem Alter liest, zwei ältere Männer sehen fern und eine Frau um die vierzig hat ihren MP3-Player ausgepackt. Aber über was sollten wir auch reden? Allein der Gedanke an meine Überlebenschancen ist mir schon wieder peinlich. Wie fängt man hier wohl ein Gespräch an? So von Sessel zu Sessel? Die Dinger stehen auch ganz schön weit voneinander entfernt – der Chemosessel direkt neben mir ist leer. Es scheint nicht unbedingt gewollt, dass sich hier private Gespräche entwickeln. Ist ja auch in Ordnung – ich habe mein Buch dabei, die aktuelle

Süddeutsche UND meinen MP3-Player, bin quasi unlangweilbar. Ich starte mit der Zeitung.

Nach ungefähr einer Stunde stößt ein Mann um die siebzig zu unserer schweigsamen Tankparty. Schwester Maike weist ihn freundlich ein und er wählt den Sessel direkt neben mir.

»Wissen Sie«, fängt er an, während er sich hinsetzt und dabei zu mir herüberschaut.

»Ich war früher Pianist!«

»Ach was, ich spiele auch Klav…«

»Überall gespielt hab ich, überall! Von München bis Hamburg, sogar in England.«

»Wo haben Sie denn in England gesp…«

»Einmal – das weiß ich noch wie heute – ist der Scheiß-Hocker auf der Bühne kaputt gegangen und ich musste im Stehen spielen, bis mir Bruno einen Klappstuhl organisiert hat. Da kenn ich aber nichts – da muss man dann durch.«

»Ihren Namen und Ihr Geburtsdatum, bitte.« Schwester Maike steht mit einer Tüte Chemo zwischen unseren Sesseln.

»Ich gebe Ihnen auch meine Telefonnummer, wenn Sie was zu schreiben haben!« Und er lacht sich in einen heiseren Husten hinein.

Etwa neunzig Minuten später bin ich vollgelaufen mit Chemie, habe unzählige Anekdoten aus Gerds bewegtem Leben als Barpianist gehört und etwa genauso viele bewundernde Bemerkungen über die Rückansicht unserer gemeinsamen Schwester Maike. Meinen Namen weiß Gerd nicht. Auch nicht, dass ich ein Neunzig-zu-zehn-Patient bin. Als ich mich verabschiede, hebt er die Hand und ich gebe ihm fünf.

»Wir schaffen das schon, Großer«, sagt er ernst und beinah liebevoll zu mir.

»Wir schaffen das, Gerd!«

Ich gehe chemobenommen durch die langen Krankenhausflure zum Ausgang. In einem Film wäre Gerds Stuhl beim nächsten Termin bestimmt leer, um dem Protagonisten nach all der Erheiterung im Chemozimmer nochmal Schwere und Sterblichkeit vor Augen zu führen. Schwester Maike würde etwas sagen wie: »Herr Gerd spielt jetzt im Himmel für uns.«

Dann würde ein Klavierstück einsetzen, zufällig natürlich das, von dem Gerd bei unserem letzten Gespräch geschwärmt hatte. Ich würde mich bemühen, kein blödes Wortspiel zu machen, um die Szene auf einer nachdenklichen Note ausklingen zu lassen.

Bei meinem nächsten Tankstellentermin frage ich Schwester Maike nach Gerd, um zu erfahren, ob sich unsere Behandlungszyklen überhaupt überschneiden. Bevor sie etwas sagen kann, sehe ich die traurige Antwort in ihren Augen. Dann höre ich sie: Gerd hatte einen Herzinfarkt. Wie beschissen ist das denn? Krebs eventuell überleben und dann an einem Herzinfarkt sterben. Ich frage Schwester Maike nach Gerds Krebsprognose. Darf sie mir nicht sagen. Sagt sie mir aber trotzdem, mit den Worten:

»Es sah ganz gut aus.«

Ich habe kein schlechtes Wortspiel auf den Lippen.

Taxi Driver

Da ich aufgrund meiner erhöhten Ansteckungsgefahr nicht immer die öffentlichen Verkehrsmittel benutzen darf und Fahrradfahren nach einer Tankladung Chemo nun wirklich nicht drin ist, bezahlt mir meine Krankenkasse einen Taxidienst. Nach verhältnismäßig wenig Papierkrieg und einigen kurzen Telefonaten bekomme ich eine eigene Nummer für mein Privattaxi, das für regelmäßige und außerplanmäßige Klinikbesuche zu jeder Tages- und Nachtzeit bereitsteht. Das Unternehmen hat in meinem Bezirk nicht allzu viele verschiedene Fahrer, so dass ich meistens mit dem Chef unterwegs bin.

Der Chef ist ein wahnsinnig netter, uriger Typ. Er ist so um die fünfzig, sehr breit gebaut und hat immer was zu erzählen von seinen anderen Taxikunden und -runden. Das ist spannender, als ich mir vor meiner ersten Fahrt mit ihm ausgemalt hatte. Am Klinikum wurde beispielsweise vor ein paar Jahren eine Schranke zur Regelung des Verkehrs auf der alleine für Zulieferer, Busse und eben Taxis angedachten Klinikzufahrt eingerichtet. Allerdings hatte niemand damit gerechnet, dass die vielen Medizinstudenten die gleiche Strecke jeden Tag mit dem Fahrrad fahren und in ihrem morgendlichen Tran nicht zwangsläufig angemessen auf solche Neuerungen in der Wegführung reagieren können. Während des ersten Tages forderte die neue Schranke bereits mehrere radfahrende Opfer, die zu spät bemerkten, dass ihnen hinter der tausendmal gefahrenen Kurve zum Klinikum plötzlich ein gelb-schwarz gestreiftes Hindernis auf Lenkerhöhe den Weg versperrte. Schlimm verletzt wurde niemand, allerdings musste die Schranke nach dem ersten Tag schon erneuert werden, da die Wucht mehrerer aufprallender Medizinstudenten irreparable Schäden hinterlassen hatte.

Solche Geschichten gewinnen unheimlich dadurch, dass mein Taxifahrer ein Problem mit seiner Nase hat. Wahrscheinlich gibt es auch einen medizinischen Namen für sein Problem, ich habe mich nur noch nicht getraut zu fragen. Jedenfalls redet er, als wäre seine Nase komplett verstopft. Immer. Was während der ersten Fahrt ein wenig merkwürdig war, da ich kaum etwas verstanden habe und wir dummerweise noch ein paar bürokratische Vereinbarungen zu treffen hatten. Er kennt das sicherlich, mir war es trotzdem sehr unangenehm, gefühlte hundert Mal »Wie bitte?« zu fragen. Aber bereits auf der Rückfahrt konnte ich ihn deutlich besser verstehen. Was ich mich allerdings oft frage, ist, wie ihn seine Mitarbeiter über den Taxifunk verstehen. Ich habe mit Barbara diesbezüglich herumexperimentiert und mir während eines Telefonats die Nase zugehalten. Sie hat fast nichts verstanden. Und ich würde denken, dass die Taxifunkverbindung noch ein wenig mehr knackt und rauscht als ein normales Telefongespräch.

Der Chef nasalt während einer Taxifahrt zum Klinikum bestimmt durchschnittlich fünf Mal in seine Freisprechanlage. Und unsere Fahrt dauert nie länger als zwanzig Minuten. Aber sein Taxiunternehmen scheint zu funktionieren und seine Mitarbeiter verstehen ihn auch. Jedenfalls antworten sie sinnvoll auf seine Fragen. Vielleicht funktioniert die Nase des Taxichefs überhaupt nicht, so dass er gar nichts riechen kann. Und vielleicht kann er deshalb irgendetwas anderes besonders gut, so wie Blinde besser hören und eben riechen als Sehende. Er trägt keine Brille. Vielleicht sieht er wahnsinnig gut und weit und scharf. Vielleicht fährt er auch deshalb so gut oder, wie es im Fahrschulslang so schön heißt, »vorausschauend« Auto beziehungsweise Taxi.

Oder die wesentlich wahrscheinlichere Variante: Seine Mitarbeiter haben ein kleines Effektgerät zwischen Empfänger und Lautsprecher geschaltet. So können ankommende, nahezu unverstehbare nasale Informationen direkt entnasaliert werden. Sein Unternehmen ist deshalb so erfolgreich, da durch die nasale Codierung sein Taxifunk nicht heimlich von der Konkurrenz angezapft werden kann. Die hätte nämlich sonst direkt ab- und mitgehört, wo ein Taxi gebraucht wird und dann versucht, einem nahenden Nasentaxi zuvorzukommen. So verstehen die konkurrierenden Taxiunternehmen nur verschnupften Bahnhof und haben keine Ahnung, wohin gerade wieder der Chef oder seine Angestellten mit der Schnupfentschlüsselung unterwegs sind.

Wir passieren die heimtückische Medizinstudenten-Schranke an der Einfahrt auf das Gelände des Uniklinikums. Sie sieht vollkommen harmlos aus, wie sie dort, im Morgennebel lauernd, auf ihre Opfer wartet.

Mein Fahrer steckt seine Zufahrtsberechtigungskarte in den zugehörigen Schlitz, die Studentenschreckschranke hebt sich augenzwinkernd und lässt uns passieren. Im Rückspiegel sehe ich, wie zwei radelnde Studenten gerade noch unter der sich hektisch schließenden Schranke hindurchsausen. Glück gehabt. Die Schranke hat ihre Beute um Haaresbreite verfehlt. In meinem Kopf beginnt mein

Taxifahrer eine Tierdokumentation über das Leben der Raubschranke in der Savanne des Klinikums zu vertonen.

»Hat die Schranke erst einmal einen Studenten erwischt, muss sie sich zwei Wochen nicht mehr um weitere Beute kümmern. Die Raubschranke ist ein Einzelgänger und verteidigt ihr Revier vehement gegen jede Art von Eindringlingen.«

Wir stehen vor dem Eingang des Klinikums, mein Fahrer nasalt freundlich und aufrichtig einen möglichst guten Aufenthalt in meine Richtung und ich zeichne unsere gemeinsame Reise durch die Heidelberger Savanne gegen.

Während sich mein Taxi wieder in Richtung Karnivor-Absperrung in Bewegung setzt, geht eine junge Frau mit einem Kopfverband an mir vorbei. Bestimmt gerade dem Beutezug der Raubschranke entkommen, denke ich und laufe im Umdrehen direkt gegen einen dieser schritthohen Bürgersteig-Begrenzungspfeiler. Glücklicherweise ist der Aufprallwinkel günstig für mich und das Metall gibt zwar meinem Beckenknochen, jedoch nicht meinen Geschlechtsorganen ordentlich einen mit. Das Metall ist heute wirklich angriffslustig, denke ich und muss an die Terminator-Filme denken. Ich schaue in mich hinein, sehe Oliver, Cindy und Mario vor mir und bin der T-800:

»Hasta la vista, babies.«

Dann humpele ich mit prellschmerzender Hüfte meiner heutigen Chemo entgegen.

Fun mit Jever

Ein besonders wichtiges Detail zum Ablauf meiner Chemotherapie wurde mir von verschiedenen Ärzten immer wieder ein bisschen anders beantwortet. »Kein Alkohol!« war ebenso dabei wie »Ab und zu ein Glas Wein oder ein Bier ist okay – was Ihnen guttut.« – Wie soll ich da meine Bereitschaft zur Mitwirkung am Gelingen der Therapie maximal ausspielen? Ich will ja hören, was mir wohl guttun wird, und kann ja vorher schlecht wissen, ob mir ein Glas Wein auf eine Tankladung Chemo die Stimmung verhagelt oder den Abend versüßt. Ich entscheide mich für die Keine-halben-Sachen-Lösung und beschließe, für die Dauer der Chemotherapie gar keinen Alkohol zu trinken. Und kein Gras zu rauchen. Das Kiffen habe ich auch bei diversen Ärzten abgesprochen und lustigerweise meinten alle sinngemäß: »Mal einen Joint rauchen ist schon in Ordnung, Sie müssen aber wissen, dass die Chemo unter Umständen die Wirkung verstärken kann.« Ich nehme an, sie meinten, dass die Chemo die Wirkung des Grases verstärkt, nicht umgekehrt.

Ich male mir aus, wie es wohl wäre, würde Gras tatsächlich die Chemowirkung verstärken. Eine schöne Vorstellung. Auf der Tagesstation liegen statt Äpfeln und Bananen Spacecookies und entsprechende Muffins in einer großen Schale zur Selbstbedienung. Schwester Maike fragt die

Patienten höflich, ob sie beim Bauen behilflich sein soll, falls die schwindende Feinmotorik der Betankten dieses Vorhaben torpediert. Gerd sitzt an einem E-Piano und hat einen riesigen Vaporizer neben sich stehen. Zwischen den Liedern bedient er sich mit einem großen Zug. Manchmal spielt er auch einfach mit einer Hand und raucht mit der anderen. Auf den Fernsehern laufen entweder Tierdokumentationen, Bob Ross oder der gute alte WinAmp-Visualizer. Alle Patienten sind high bis unters Dach und reichen sich die Joints herum. Schwester Maike unterhält sich mit einer Patientin über den besten Dünger und die richtige Bewässerung der Hanfpflanzen im Nebenraum. Nach drei Wochen sind wir alle wieder gesund. Obwohl: Die Vorstellung ist so herrlich, vielleicht doch erst nach sechs Wochen.

Aber zurück zur bitteren Realität: Die Chemo kann eventuell die Wirkung von Gras verstärken. Normalerweise hätte ich wahrscheinlich mit einem wissenschaftlich interessierten »Wie doll denn verstärken?«-Blick schon angefangen einen Joint zu drehen. Aber halt, da war doch noch etwas. Eine ganz andere Info meiner Ärztin lässt mich auch über diese Rauschmöglichkeiten schnell und ablehnend entscheiden:

»Wenn es Ihnen besonders schlecht geht, Sie Fieber bekommen oder Sie sonst körperliche Veränderungen bemerken – rufen Sie uns sofort an und kommen vorbei!«

Ihr ernster Blick dabei ließ keine Fragen offen. Ich muss aufpassen, damit ich das eventuelle Schwelen der Kacke mitbekomme. War diese erst einmal am Dampfen, könnte das lebensbedrohliche Folgen für mich haben. Verstanden. Um die Kacke im Zweifelsfall frühestmöglich zu riechen, habe ich also beschlossen, komplett rauschmittelabstinent zu bleiben, bis die Schlacht in meinem Körper siegreich zu meinen Gunsten geschlagen ist. Wer würde auch vor einem alles entscheidenden Feldzug seinen Soldaten ein Bier oder eine Tüte in die Hand drücken? Ich jedenfalls nicht.

Als ich Barbara von meinem Plan erzähle, möchte sie sofort mitmachen und schlägt vor, dass wir die Gelegenheit nutzen sollten, um umfangreich das Angebot alkoholfreier Biere zu testen. Eine hervorragende Idee! Wir entwickeln eine Bewertungstabelle mit folgenden Kriterien:

- Bierfaktor (Wie echt ist der Geschmack?)
- Limofaktor (Wie brausemäßig ist der Geschmack? Ist ja vielleicht auch ganz lecker so.)
- Look (Sieht das Etikett schick aus?)
- Feeling danach (Was denken wir nach dem ersten Schluck?)
- Trinkanlass (Wozu sollte man das Bier genießen – zum Grillen, zum Tanzen, zum Erfrischen etc.?)
- Verfügbarkeit (Bekomme nur ich (Heidelberg) das Bier im Supermarkt, nur Barbara (Berlin) oder ist es gar überregional etabliert?)
- Sterne (Im Zeitalter des Internets braucht es eine abschließende Sternebewertung von einem (scheiße) bis fünf (hervorragend) Sterne.)

Als Nächstes planen wir eine Erhebung der im Getränkemarkt erhältlichen alkoholfreien Biere, damit wir uns die jeweils nur regional erhältliche Sorten im Voraus zuschicken können.

Das Ganze wird zu einem spaßigen Testritual. Ich frage meinen kompletten Bekanntenkreis nach alkoholfreien Bieren aus (obwohl ICH eigentlich schon längst der Experte bin). Mein nasalnuschelnder Taxifahrer gibt mir einige gute Tipps, Frau Tenschert aus der Klinik überraschenderweise auch. Jede Woche gehe ich einmal zur Post und schicke Barbara eine Flasche Regionales. Jede Woche bringt der Postbote eine Flasche aus der Hauptstadt bei uns vorbei.

Nach mehreren Wochen der Testrunden und viel Bierflaschen-zur-Post-Bringen und -Entgegennehmen haben wir einen eindeutigen, überregionalen Sieger namens Jever Fun ermittelt. Ursprünglich waren wir uns einig, alleine wegen des Namens einen Stern abzuziehen. Allerdings ist ein wirklich hervorragendes Jever Fun dann doch deutlich cooler als eine halbgare Jever-Variante mit peinlichem Fun-Faktor.

Wir planen den Sieger gebührend zu feiern und veranstalten über Skype einen antialkoholischen Saufabend mit pro Kopf sechs Flaschen spaßigem Jever. Sanfte Beschallung durch Maybeshewill synchronisieren wir per Playlist, damit wir zeitgleich dieselben Lieder hören. Es ist herrlich. Barbara erzählt von ihren Abenteuern in der Lesbenszene der Hauptstadt. Ich berichte von meinen Abenteuern in der Chemoszene der Studentenstadt. Wir trinken Jever Fun, wir lauschen zwischendurch andächtig den mir mittlerweile so vertrauten Klängen der »Best of Maybeshewill«-Playlist. Wir fühlen uns irgendwann tatsächlich betrunken von jeweils drei Litern Spaßbier und jeder Menge Freundschafts-Endorphinen.

Ich bekomme so amüsante wie absurde Details aus dem Leben von Barbaras Mutter Heike zu hören. Diese lebt seit der Trennung von ihrem Mann, Barbaras Vater, alleine im so genannten Elternhaus – wo ihre Tochter geboren wurde, aufwuchs und irgendwann Schule und Kindheit abschloss. Und diese, auf mich immer sehr engagiert und nie lethargisch wirkende Mutter hat sich wohl im Laufe der vergangenen Jahre zu einer schillernden Vertreterin von – oft zu Unrecht als Altersmacken degradierten – elterlichen Eigenheiten gemausert. Mit dem elternhäuslichen Fernseher fing alles an, berichtet Barbara:

Da der Empfang über die hauseigene Antenne hin und wieder zu wünschen übrigließ, erklomm ihre Mutter eines für unterhaltende Berieselung eingeplanten Nachmittags beherzt den Dachboden und rüttelte einmal kräftig am vermeintlichen Quell des bildbeeinträchtigenden Schneegestöbers. Wohl durch ihre laut Barbara nicht nur rein auf Hustensaft und Aspirin angewandte Lebensphilosophie »Viel hilft viel!« etwas zu resolut und/oder in suboptimaler Rüttelfrequenz. Jedenfalls machte ihr gut gemeintes Engagement die Sache, also die Bild- und Tonqualität des im Erdgeschoss hämisch flackernden und rauschenden Fernsehers, nur noch schlimmer.

Laut Barbara sei das Fernsehen im Elternhaus durch die mütterlichen Rüttelbemühungen so anstrengend geworden, dass sie nicht bereit sei, sich bei einem Besuch auch nur durch fünfzehn Minuten informativ-rauschendes Tagesschaugeflimmer zu quälen. Heike hatte nach ihrem ersten, fehlgeschlagenen Versuch der Antennenausrichtung allerdings keine Lust mehr, nochmal und mit feiner abgestimmten Rüttelvorhaben auf den Dachboden zu steigen, und ließ die Flimmerkiste daraufhin buchstäblich Flimmerkiste sein.

Es gehe doch auch so, man könne doch noch alles erkennen und auch Filme schauen sei kein Problem, meinte sie.

Es gehe überhaupt nicht und nach ein paar Minuten werde man völlig bekloppt, meint Barbara.

Es gehe zudem aber noch weiter, erzählt mir Barbara zu meiner großen Freude. In ihrem alten Kinderzimmer habe Heike seit dem Auszug ihrer Tochter mehrere recht große Topfpflanzen untergebracht. Nun sei allerdings vor einiger Zeit die Jalousie des einzigen Fensters in diesem Raum kaputt gegangen. Das Band sei gerissen, die Jalousie lasse sich nicht mehr hochziehen.

Ganz der Problembewältigungsstrategie des schlechten Fernsehempfangs folgend, bestellte Heike keinen Jalousiereparateur oder hilfsbereiten Nachbarn, sondern brachte die Pflanzen aus dem nun stockdunklen ehemaligen Kinderzimmer in ihr kleines Wohnzimmer mit der Flimmerkiste. Seitdem müsse sie eben auch tagsüber Licht anmachen, wenn sie das nun recht leere ehemalige Kinderzimmer betrete. Allerdings schätze sie die vollkommene Dunkelheit als durchaus schlaffördernd ein. Die Übernachtungsqualität ihrer Tochter habe also gewonnen.

Sie hätte auch vor dem Jalousiebandriss noch nie schlecht in ihrem alten Kinderzimmer genächtigt, meinte Barbara und sie wolle gar nicht wissen, wo das noch hinführe, schloss Barbara den Bericht über ihre mir immer sympathischer werdende Mutter.

Ich bin mittlerweile vollkommen betrunken von der Vorstellung, Bier zu trinken, und der schönen Erzählstunde mit meiner besten Freundin, der Epilog zu Heikes Jalousie-Episode schwallt nur so aus mir heraus:

Nach einem Wasserschaden in der Küche und den sowieso schon zahlreich im tropischen Wohnzimmer wuchernden Topfpflanzen beginnt es, im Erdgeschoss zu schimmeln. Heike bezieht daraufhin das leere wie stockdunkle Kinderzimmer ihrer Tochter im ersten Stock und betritt ihr Haus nur noch über eine Leiter. Dank der kaputten Jalousie kann sie das Fenster vorerst offen lassen, wann immer sie das Haus verlässt. Per Hand lässt sich diese nämlich für einen Einstieg durchs Fenster noch genügend anlupfen. Sie kocht und speist mit Barbaras Campingausrüstung im oberen Badezimmer. Als sie mit vielen Einkäufen in ihrem Reiserucksack mal wieder jalousiehochschiebend durchs Fenster einsteigt, geht leider die Scheibe kaputt. Langsam wird es draußen kälter und sie schläft daraufhin eine Zeit lang im Badezimmer, dann kriecht der winterliche Frost weiter durchs Obergeschoss und es wird auch dort zu kalt.

Mit Campingausrüstung, Matratze und Fernseher zieht Heike daraufhin auf den Dachboden, den sie schon immer mal herrichten wollte. Während weiter unten der Wind pfeift und treppab fallende Ausläufer die Schimmelsporen von ganz unten aufwirbeln, entsinnt sie sich der Antennenproblematik von damals. Da die Antenne nun in greifbarer Nähe ist, gelingt es ihr, in wenigen Versuchen eine auch in den kritischen Augen ihrer Tochter optimale Bild- und Tonqualität zu erschütteln. So muss Barbara zwar bei ihren Besuchen das Haus durch das Kinderzimmerfenster im ersten Stock betreten, da der schimmelnde Dschungel im Erdgeschoss sich nicht mehr ohne erhebliche Gesundheitsrisiken durchqueren lässt, kann sich aber mit ihrer Mutter genussvoll am nun wieder störungsfreien Fernsehprogramm auf dem Dachboden erfreuen.

»Ist das herrlich, wir sind doch gar nicht betrunken?!«, attestiert auch Barbara der Geschichte, dem Abend, uns eben diese wunderschön fantasieanfachende Wirkung.

»Lass uns damit nicht aufhören, wenn diese Krebs-Scheiße vorbei ist!«

»Niemals! Lass uns niemals aufhören uns nicht zu betrinken!«

Bruce Willis

Im Krankenhaus wurde mir mitgeteilt, dass ich noch ungefähr zwei bis drei Wochen Zeit habe, um mich von meinen Haaren zu verabschieden. Damit ich mich langsam an meine Kopfform gewöhnen kann und sich der Übergang weniger drastisch gestaltet, hat Anni mir eine Fünf-Millimeter-Frisur rasiert. Wir beide waren positiv überrascht, dass meine nun bloßgelegte Hinterkopfform durchaus kurzhaarfrisur- und dementsprechend wahrscheinlich auch glatzengeeignet ist. Etwa eine Woche später durfte Anni in den vermeintlich vorerst letzten Tagen Haarwuchs noch einmal Friseurin spielen. Ich trage jetzt einen Irokesen-Schnitt, mittig fünf Millimeter, seitlich zwei. Sieht gar nicht mal schlecht aus, bestätigen mir Anni, Freunde und Ärzte.

Vielleicht habe ich ja bisher unentdecktes Glatzenpotenzial unter meiner Matte versteckt, denke ich und überlege, mir einen Film mit dem haarlosen Bruce Willis anzusehen. Bruce Willis ist bestimmt der populärste Glatzenträger des Planeten. Ob man so eine Glatze besonders pflegen muss? Gibt es dafür vielleicht sogar eine spezielle Creme, damit die Glatze glänzt oder eben gerade nicht glänzt? Oder sonst irgendwie besser aussieht, ich weiß ja nicht, was man mit Glatzen so alles anstellen kann. Ich beschließe, möglichst viel mit meiner eigenen zukünftigen Glatze anzustellen.

Die erste Ladung Chemo liegt vierzehn Tage zurück, als ich mir vor dem Schreibtisch sitzend durch meinen schicken Kurzhaar-Iro fahre und danach auf einmal eine sehr behaarte Handinnenfläche habe. Es dauert einige Sekunden, bis ich merke, was das bedeutet. Schade, dass mich jetzt niemand filmt, mein Gesichtsausdruck wäre bestimmt eine tolle Verbildlichung des sprichwörtlich langsam fallenden Groschens gewesen.

Ich starre also irritiert auf meine Hand und die tausend kleinen Iro-Stoppeln darauf. Sieht definitiv viel weniger schlimm aus, als wenn Krebspatienten in Filmen plötzlich eine Hand voll mittellanger bis langer Haare in der Hand halten. Aber so eine Stoppelhand ist nicht besonders schlimm anzusehen und obenrum kann nun auch nicht mehr besonders viel ausfallen. Ich gehe ins Bad, wasche mir die Stoppeln von der Hand und betrachte meinen Kopf im Spiegel. Ich suche – ebenfalls medienkonditioniert – nach unschönen Haarausfall-Löchern in meiner Frisur, kann aber keine finden. Dann gehe ich mir nochmal mit der Hand durch die Haare und wieder kommt ordentlich was runter. Ich halte meinen Kopf über das Waschbecken und rubbel mir mit der Hand über meinen Kopf.

Unglaublich, wie viele Haare man anscheinend da oben mit sich herumträgt. Das Waschbecken ist übersät mit einem Rasen aus meinem Iro. Auf meinem Kopf zeigen sich dafür die ersten Löcher. Das sieht ziemlich scheiße aus. Okay, denke ich, jetzt ist es also so weit. Ich ziehe mich aus, versuche dabei nicht zu viele Stoppeln in meinem T-Shirt zu lassen und steige mit Rasierer und Schaum in die Dusche. Die ersten paar Minuten streife ich mir noch fasziniert Stoppelhände vom Haupt, dann greife ich zur Klinge. Meine Frisur verschwindet nach und nach in einem Strom von schwarz gesprenkeltem Schaum im Abfluss.

Als ich jeden Zentimeter meines Kopfs mehrfach auf stehen gebliebene Stoppeln überprüft habe, stehe ich noch eine Weile unter der Dusche und fahre mit den Händen über meinen nun kahlen Schädel. Ein abgefahrenes, neues Gefühl. Der warme Duschstrahl auf meiner Kopfhaut ist die zweite Gefühlssensation, es ist einfach unglaublich angenehm. Zufrieden im Strahl stehend fallen mir plötzlich die anderen behaarten Zonen meines Körpers ein. Wie es sich wohl damit verhält? Ein kurzer Griff in die entsprechenden Regionen bringt interessante Erkenntnisse: Arm- und Beinhaar möchte anscheinend noch eine Weile meine Extremitäten schmücken. Achsel- und Schambehaarung dagegen zeigen sich sowohl ausfallend als auch auffallend stark motiviert, meinen Stoppeln Richtung Abfluss zu folgen. Ein klares Signal, denke ich und greife erneut zum Rasierer.

Ein paar Minuten später steige ich um einiges haarloser aus der Dusche und trockne mich ab. Auch das: ein ganz neues Gefühl. Auf dem Kopf: sehr, sehr angenehm. Schon fast massageangenehm. Im Genitalbereich: sehr, sehr … glatt irgendwie. Sehr, sehr interessant. So hat sich das also als kleiner Junge angefühlt. Wann habe ich eigentlich Schamhaare bekommen? Ich weiß es absolut nicht mehr. Die Achselpartie ist nichts Neues, das hatte ich im Studium bereits ausprobiert, als mir mehrfach erzählt wurde, damit könne man das sommerliche Schwitzen deutlich reduzieren. Dem war gefühlt nicht unmittelbar so und ich zu faul, um die Achselnacktheit länger als eine Woche aufrechtzuerhalten. Ich beneide Frauen nicht, die sich bei jedem zweiten Duschgang diverse Körperregionen rasieren. Aber ich habe wahnsinnigen Respekt vor solcher Konsequenz.

Ich stehe so, dass ich mich noch nicht im Badezimmerspiegel sehen kann, und schlage mir das Handtuch um die Hüften. Was mich wohl gleich erwartet? Ob das so eine kranke Krebsglatze ist wie in Film und Fernsehen? Oder doch Bruce Willis? Wie immer es auch aussehen wird, anfühlen tut es sich ganz hervorragend, denke ich, als ich wiederholt über mein nacktes, zartes Haupt streiche. So wird sich wohl ein Babypopo anfühlen, denn schmeichelhafter und jungfräulicher geht es gar nicht. Wahrscheinlich sehe ich aus wie zwölf. Wenn ich meine Haare kürzer getragen habe, sah ich auch immer jünger aus. Was habe ich getan? Genug des zweifelnden Unwissens, ich trete vor den Spiegel und sehe mich an.

Ich habe ganz schön viel Kopf, fällt mir als Erstes auf. Ich sehe ein bisschen wie ein Conehead aus, weil meine Stirn über den Augenbrauen beginnt und sich nun in den bisher unter Haaren liegenden Weiten meines Kopfes fortsetzt. Aber es sieht nicht verboten schlimm aus. Von der Seite sogar ganz gut. Ich habe tatsächlich einen guten Glatzenhinterkopf, geht mir durch selbigen, plus Frontpartie. Vielleicht kann ich jetzt ja schneller denken, wenn mein Hirn durch das blankgelegte Kopfgehäuse besser gekühlt wird? Könnte ja sein. Ist beim Computer zumindest immer entscheidend, wie gut die einzelnen Komponenten gekühlt werden. Ob wohl auffallend viele Firmenbosse, Nobelpreisträger oder sonst wie als geistig leistungsstark anerkannte Menschen eine Glatze haben? Vielleicht hat sich die Natur bei denen gedacht: Da ist so viel Potenzial – weg mit den Haaren, damit er seine ganze Power ausspielen kann! Aber zurück zur Optik meines nackten Hauptes:

Mich schmückt weder ein Stiernacken noch so ein abgehackter Quadratschädel, sondern eine schöne, gleichmäßige Rundung gen Hals. Von der Seite gefällt mir meine neue, haarlose Pracht ziemlich gut. Von vorne ist es noch etwas gewöhnungsbedürftig. Bruce Willis steht Haut statt Haaren definitiv besser. Aber ich muss mit meiner Glatze auch kein Geld verdienen. Ich habe momentan ganz andere Sorgen.

Anni kommt gegen Abend nach Hause und zeigt sich zwar überrascht, jedoch charmant angetan meiner neuen Nicht-Frisur gegenüber. Was soll sie auch sagen?

Ob es wohl auch schon Paare in einer ähnlichen Situation gab, bei der die nach Hause kommende Partnerin die Haarlosigkeit des anderen mit den Worten »Boah, sieht das scheiße aus« quittierte? Ich hoffe nicht.

Anni findet jedenfalls auch, dass ich einen ganz vernünftigen Glatzenhinterkopf habe.

Eine spannende Frage stellt sich mir beim abendlichen Gesichtwaschen. Wo hört man auf, wenn es keinen den Waschvorgang natürlich begrenzenden Haaransatz gibt? Eigentlich tut es der neu freigelegten Birne bestimmt gut, mal regelmäßig gewässert zu werden, denke ich und höre einfach nicht auf. Ich fange beim Kinn an und höre im Nacken auf. Was für eine komische Bewegung.

Ich frage mich, ob es wohl im Internet ein Video gibt, in dem Bruce Willis nach seiner Gesichtswaschroutine gefragt wird. Nach einer einstündigen YouTube-Recherche weiß ich zwar eine ganze, neue Menge über Bruce Willis, aber leider nichts über sein Gesichtswaschverhalten. Dafür hat er schon einmal bei einem Sackhüpfwettbewerb mitgemacht (ich auch!). Hat Yoga ausprobiert (ich auch!). Kann ein Rad schlagen (ich wahrscheinlich grad nur recht krumm und kraftlos, aber prinzipiell schon). Und er glaubt ebenfalls nicht an Geister. Wir sind quasi Brüder. Ich überlege kurz, ob ich mir den haarlosen Spitznamen »Bruce« für die Zeit meiner Glatzigkeit zulegen sollte. Anni hält mich mit zugegeben guten Argumenten davon ab. Dafür leihen wir uns am nächsten Abend den vierten Teil der »Stirb langsam«-Reihe aus und ich fühle mich Bruce näher und selbst actionheldiger als je zuvor.

Der Zahnarzt im Mediamarkt

Wenn meine Abwehrkräfte einmal pro Chemozyklus den toxischen Bach runtergehen, muss ich gewisse Vorsichtsmaßnahmen treffen. Verboten sind mir das Baden in größeren Menschenmengen, Kontakt zu verschnupften oder sonst irgendwie kränkelnden Freunden, öffentliche Verkehrsmittel, öffentliche Toiletten und auch sonst alles öffentliche, unkontrollierbar und unsichtbar Keimende, was meine heruntergelassenen Abwehrmauern mit einem beherzten Hüpfer überwinden könnte.

Ich musste bereits verschiedene Verabredungen (in meinen eigenen vier Wänden, versteht sich) wegen schniefenden Freunden vertagen. Für Anni, die in meinen Phasen der Vorsicht täglich die Chance hat, gefährliche Bazillen von der Arbeit mit nach Hause zu bringen, steht unter anderem eine spezielle Desinfektionsseife im Bad. Die Seife wird auch von mir nach jedem meiner seltenen Ausflüge nach draußen benutzt, um jegliche Infektionsgefahr zu minimieren. Aus der Klinik habe ich für diese Phasen zudem einen Atemschutz für Mund und Nase mitbekommen. Dieser ist in Grün- und Weißtönen gehalten und sieht so richtig schön nach Krankenhaus und Ansteckungsgefahr aus.

Ich frage mich, ob es wohl Motive für Kinder auf bestimmten Modellen gibt. Und dann, was der Plural von Mundschutz ist. Mundschutze, verrät mir der Duden, der

Plural sei allerdings weniger gebräuchlich. Soso. Mundschutzmode könnte vielleicht noch eine unbeackerte Einnahmequelle für Hersteller von Chemozubehör sein. Ein Blick ins Internet zeigt, dass ich nicht der Erste bin, der dort eine mögliche Produktlinie sieht. Es gibt Mundschutze mit Aufschrift (»Oink«), Mundschutze mit verschiedenen Bärten, Mundschutze mit Karo, Streifen und Blümchenmustern, Mundschutze mit Katzen-, Hunde-, Comic- oder Zombiemündern und Mundschutze mit Blutflecken. Warum wurde mir davon keiner angeboten? Ein kleiner Mundschutzshop in der Tagesklinik wäre vielleicht eine Bombengeschäftsidee. Oder einfach ein Mundschutzautomat am Ausgang. Ich nehme mir vor, ein entsprechendes Konzept auszuarbeiten und meiner Ärztin vorzustellen, habe ja momentan Zeit für so etwas.

Anni und ich fliegen in den nahegelegenen Mediamarkt aus, um einen Standmixer zu kaufen. Aufgrund meiner schwindenden Mundschleimhaut und in Sachen Kulinarik fortschreitenden Geschmacklosigkeit wollen wir mit Shakes und Suppen experimentieren. Während des Studiums hatten wir dank Mitbewohner und Shake-Fan Felix einen ziemlich potenten WG-Mixer in der gemeinsamen Küche stehen, der tiefgefrorene Him- und andere Beeren im Handumdrehen in wunderbares Fruchteis verwandeln konnte. Es begann eine glückselige Zeit des hemmungslosen Schlemmens, bis sich Felix mitsamt Mixer aus der WG Richtung Arbeitsleben in die nahe Großstadt verabschiedete.

Obwohl ich laut meiner Ärztin und meiner Blutwerte nicht unmittelbar ansteckungsgefährdet bin, möchte ich heute einmal meinen Mundschutz auftragen. Um zu sehen, wie das ist in der Öffentlichkeit. Um mich öffentlich als krank zu präsentieren. Falls man mir das nicht sowieso schon durch die schmucke Nicht-Haarpracht und meine attraktive Blässe ansieht. Ich schaue mundbeschutzt in den Badezimmerspiegel und sehe einen glatzköpfigen Zahnarzt. Allzu krank sieht der Zahnarzt nicht aus, finde ich. Ich ziehe meine Mütze auf und stelle mir vor, wie ich in meiner Praxis einen ganzen Schrank voll Arbeitsmützen eingerichtet habe. Da mein Kopf so schnell fröstelt, behandle ich meine Patienten immer nur mit bemütztem Haupt. Für Kinder habe ich eine Reihe von Mützen mit lustigen Tiermotiven im Schrank, erwachsene Patienten begrüße ich dagegen in einfarbigen Modellen. Der fröstelnde Zahnarzt grinst unter seinem Mundschutz, ich sehe es kaum. Nur die hochgezogenen Wangen verraten ein Lächeln, der Rest seiner Mimik ist bakterien- und sichtgeschützt.

Im Mediamarkt angekommen, suchen wir das Mixerregal zwischen all den samstäglichen Einkaufenden und machen eine interessante Entdeckung. Es scheint, als hätte der fröstelnde Zahnarzt einen unsichtbaren Schutzschild um uns herum gezaubert. Die anderen Einkäufer scheinen einfach daran abzuprallen und können sich uns nicht mehr als drei, vier Meter nähern. Anni schwärmt in Richtung Kopfhörer aus und wird sofort von einer herumstreunenden Großfamilie mit Kinderwagen verschluckt. Diese macht kurz darauf einen Umweg um einen kompletten Regalblock, da mein unsichtbares Zahnarztschild ihnen den Weg versperrt. Es ist faszinierend: Während mein Mundschutz mich – wenn überhaupt – vor den Krankheiten meiner Mitmenschen schützen soll, denken diese anscheinend geschlossen, dass ich selbst hochgradig ansteckend sei.

Oder ist das vielleicht der komplette Ansatz des mir zugespielten Mundschutzes? Das Einatmen von ansteckenden Bakterien wird eigentlich gar nicht verhindert, zumindest ist der Mundschutz nicht primär darauf ausgelegt. Vielmehr wird verhindert, dass mir potenziell ansteckende Menschen (also eigentlich alle Menschen) nicht zu nahe kommen. Aber halt, die Frau an der Kasse kann ja Schnupfen haben und ihren Arbeitsplatz nicht verlassen. Da ginge das Abstoßungskonzept also nicht auf. Aber alle anderen …

Und wo ist überhaupt Herr Heumann? Schießt es mir durch den bemundschutzten Kopf. Wohl heute nicht im Dienst oder irgendwo hinter den Kulissen, die Features der ausgestellten Gefrierschränke werden heute von einem anderen Sachverständigen erläutert.

Ich suche nach Anni und finde sie bereits vor dem mit den hoffentlich souverän mixenden Objekten unserer Begierde beladenen Haushaltsgeräteregal.

»Warte kurz – ich muss mal auf die Jagd gehen«, bringe ich meinen Plan so sachlich wie präzise auf den Punkt.

»Auf die was?«

Anni schaut mich fragend an und sieht dann ähnlich fasziniert wie ich selbst noch Minuten zuvor zu, wie der fröstelnde Zahnarzt durch die Regalgassen schlendert und sich links und rechts seines Weges die Menschen in Sicherheit bringen. Dabei versuchen die meisten, möglichst unauffällig einen anderen Weg einzuschlagen, als dürfe ich nicht merken, dass sie vor mir Reißaus nehmen. Ich habe einen Heidenspaß und scheuche fünf Minuten lang Kunden durch die Gänge, bis mir der Grund unseres Besuchs wieder einfällt und ich vergnügt zu Anni zurückkehre.

»Das hätten wir uns eigentlich denken können, oder?«
Sie ist sichtlich amüsiert.

»Eigentlich schon. Das nächste Mal musst du auch einen anziehen. Was passiert wohl, wenn wir von verschiedenen Seiten kommen? Dann sind wir die Pacman-Geister.«

Anni lacht und präsentiert mir drei Mixer, die laut Hersteller auch vor Eiswürfeln und Tiefgefrorenem nicht Halt machen. Wir entscheiden uns für das Mittelklassemodell mit besonders großem Mixbecher.

An der Kasse erwartet uns noch eine Überraschung: Vier Kassen sind geöffnet, an jeder stehen mindestens zehn Leute an. Wir stellen uns in die Schlange vor Kasse zwei und warten. Mit jedem Scannerpiepen der Kassierer rücken wir ein Stück in Richtung Ausgang vor, während die Schlangen um uns herum immer länger werden. Schließlich sind wir mit Bezahlen dran und auch die einzigen Kunden an Kasse zwei. Etwa vierzig Leute warten derweil an den anderen drei Kassen auf Abfertigung. Die Macht des Zahnarztschildes ist unglaublich.

Die Kassiererin ist etwa in unserem Alter und trägt sehr offensichtlich ein Nine-Inch-Nails-Fanshirt unter ihrer Mediamarkt-Weste. Sie schaut mich skeptisch an und ich sage ihr halblaut:

»Ich bin nicht ansteckend, ich darf mich bloß nicht anstecken.« Ihre Gesichtszüge entspannen sich augenblicklich und sie schaut grinsend auf die drei Schlangen an den anderen Kassen.

»Das sollten wir vielleicht mal ausrufen lassen?«

»Das wäre dann aber nicht mehr halb so lustig«, wirft Anni von der Seite ein.

»Alles Gute für Sie«, gibt uns die Kassiererin mit auf den Weg.

Kurz vor dem Ausgang drehe ich mich noch einmal um und sehe, wie eine Flut von Kunden in die Lücke vor Kasse zwei brandet. Der fröstelnde Zahnarzt tritt mit Anni ins Freie. Sie nimmt meine Hand und lächelt mich an.

»Lass mich raten, du willst bestimmt noch mit mir in den Supermarkt fahren?«

»Au ja!«

Der Mundschutz verschleiert ein Grinsen.

Glatzentheater

Ich bin laut Blutwerten und Frau Tenschert gerade in relativ guter Verfassung (mit Betonung auf relativ) und fühle mich auch entsprechend. Deshalb beschließen Anni und ich ins Theater nach Bayreuth zu fahren. Gemeinsame Freunde haben dort ein artistisches Stück Kunst erfolgreich auf eine gar nicht so kleine Kleinkunstbühne gehievt und uns sehr, sehr zurückhaltend eingeladen, da sie die chemobedingte Einschränkung meiner kulturellen Freizeitaktivitäten nicht einschätzen konnten. Ich kann das zwar in den großen Zusammenhängen präziser einordnen – »Diese Woche müssten meine Leukos hochgehen, also darf ich Straßenbahn fahren!« –, musste aber vor unserer Zusage erstmal Rücksprache mit meiner gesundheitlichen Bewährungshelferin Frau Tenschert halten, ob ich denn reif für einen Besuch in der Außenwelt sei. Also die richtige Außenwelt im Bayreuther Theater, nicht die Straßenbahn in Heidelberg.

Anni fährt unseren Wagen, ich habe Autofahren für die Zeit der Chemo zu den Akten gelegt. Direkt nach den Drogendosen darf ich sowieso nicht fahren, sonst eigentlich schon. Allerdings hat mir Robert mit dem Tumor hinter seinem Auge während meines stationären Besuchs im Klinikum berichtet, dass er manchmal signifikante Konzentrationseinbrüche erfährt, während er gerade auf der Autobahn ist. Dann fahre er jedes Mal einfach bei der nächsten

Gelegenheit raus und schlafe eine Stunde, danach ginge es weiter. Ich bin, was Autofahren angeht, überhaupt gar nicht risikobereit und die Vorstellung, auf der Autobahn ein konzentratives Tief zu erfahren, schreckt mich dermaßen ab, dass ich beschlossen habe, gar nicht mehr Auto zu fahren, bis die Drogenhölle vorbei ist.

In Bayreuth bekomme ich eine Menge Komplimente, wie schmuck doch meine neue Nicht-Frisur meine attraktive Kopfform zu Geltung bringe. Das tut tatsächlich immer noch sehr gut. Ich fühle mich auch tatsächlich sehr gut heute Abend, sehe anscheinend umwerfend aus und gehe mit Anni ins artistische Theater. Und danach bitte ein Jever Fun!

Nach der Aufführung kann ich die Komplimente der Artisten und Regisseurin nur zurückgeben. Die haben mich ganz ausgezeichnet unterhalten. Und eine gute Stunde Spielzeit entspricht auch in etwa dem, was ich gerade an Aufmerksamkeitsspanne in der Lage bin zu leisten. Nun also zur Aftershowparty. Ich weiß gar nicht, ob das wirklich noch sein muss, aber wir möchten Normalität spielen und deshalb einigen Anni und ich uns auf ein Ausprobieren-aber-jederzeit-abhauen-Können. Die Feierei ist auch verhältnismäßig zahm: Etwa fünfzehn Freunde und Bekannte der Artistisch-Theaternden sitzen um eine lange Ecktafel herum und trinken Bier MIT Alkohol. Ich bestelle ein Jever Fun und verdufte nochmal schnell in Richtung Toiletten. Vor dem Spiegel bin ich überrascht, wie normal ich trotz der fortschreitenden Chemo aussehe. Man sieht ja in Fremd- und vor allem öffentlichen Toilettenspiegeln oft der Realität ins Auge, die man sich daheim ins rechte Licht gerückt sowie schön geschaut hat. Ganz schlimm immer: Umkleiden in Klamottenläden. Da denke ich eigentlich jedes Mal eine Variation von:

»Die Hose ist super, aber ich sehe ganz schön scheiße aus!«

In diesem Theaterbadezimmer aber sehe ich selbst tatsächlich besser als meine Hose aus. Und meine Hose ist die tolle Wir-gehen-schick-weg-Hose von Anna Kemp. Also wirklich eine ganz famose Hose. Kaum Augenringe, die Glatze ist eher matt als spiegelnd, Augenbrauen und Wimpern sind noch dran, ich sehe lediglich ein ganz klein bisschen müde aus. Aber so sehe ich auch meistens aus, wenn ich zwei, drei Biere getrunken habe, also unlustige, alkoholische Biere. Und alle anderen im Raum betrinken sich bestimmt gerade maßlos, da werde ich im Vergleich verhältnismäßig frisch wirken.

Die Tür geht auf, jemand Fremdes geht an mir vorbei zu den Toiletten. Unsere Blicke treffen sich kurz im Spiegel, er nickt, ich nicke zurück.

»Steht dir, die Glatze.«

Ich hätte nie gedacht, dass ich mich während dieser ganzen Chemoepisode so dermaßen sexy fühlen würde. Wann hat mir schon mal ein Mann auf einem öffentlichen Klo ein Kompliment über meine Frisur gemacht? Nie!

So hopple ich wie ein frisch bestückter Duracell-Hase zurück zum Aftershowraum, schnappe mir mein spaßiges Jever und setze mich zu Anni auf eine lange Bank.

»Alles gut?«, fragt sie.

»Bestens!«

Wir quatschen mit diversen Freunden der Bühnenstars und irgendwann sitzt Anne neben mir, eine gute und langjährige Freundin der Schauspieler, eine entfernte Bekannte für mich. Anne ist wahrscheinlich genau das Gegenteil von mir momentan: lange, blonde Haare, sie strahlt geradezu vor körperlicher Fitness und Ausgeschlafenheit. Natürlich fällt einem Drogenopfer wie mir so was direkt auf. Natürlich auch weil die meisten anderen schon ganz schön betrunken sind und dadurch zwar auch, aber eben signifikant anders als ich neben sich stehen. Wir smalltalken ein wenig vor uns hin, dann sagt Anne plötzlich:

»Ganz schön mutig von dir mit der Glatze. Steht dir aber.«

Sie weiß anscheinend nichts vom eigentlichen Grund meiner Haarlosigkeit und eigentlich hatte ich auch gar nicht vor, das als Gesprächsthema heute Abend auf den Tisch zu bringen. Aber ich kann das jetzt wirklich nicht einfach so stehen und Anne denken lassen, ich hätte mir aus mutig-modischer Gesinnung die Haare abrasiert. Bruce Willis, mein Held, mein Stylevorbild – vielleicht kann ich mich damit retten –, schießt mir kurz durch den Kopf. Aber nein, es ist Anne. Alleine schon erstaunlich, dass sie noch nicht weiß, dass ich die üblichen Wehwehchen bei weitem übersteigend krank bin. Geht so eine Nachricht nicht wie ein Lauffeuer durch den Freundeskreis? Das bringt dann auch tatsächlich den Unterschied zwischen Freunden und Bekannten recht treffend auf den Punkt. Freunde wissen das, Bekannte nicht zwangsläufig.

Anne legt ihre Stirn in Falten, weil ich länger als konversationsüblich nichts entgegnet habe. Also raus mit der Sprache.

»Die Haare sind ausgefallen, weil ich gerade eine Chemotherapie mache.«

So schlicht bringe ich meinen Glatzengrund auf den Punkt. Anne hat sehr offensichtlich nicht im Geringsten mit so einer Entgegnung gerechnet und ist jetzt an der Reihe mit Erstmal-nichts-Sagen. Sie schaut mich mit großen Augen an und schweigt.

»Sorry, das überfordert mich gerade total. Damit hab ich überhaupt nicht gerechnet. Tut mir leid, dass ich so blöd gefragt habe.«

»Alles in Ordnung, konntest du ja nicht wissen. Und ist für mich jetzt auch kein Tabuthema.«

Für Anne anscheinend schon. Schweigen. Wie kommen wir jetzt aus der Nummer wieder raus? Ich kann schon verstehen, dass sie sich sicherlich lieber über trivialere Themen unterhalten würde. Aber jetzt sitzen wir hier und sie ist offensichtlich leicht verstört und überfordert.

»Das ist Markus, dessen Bruder hatte auch Krebs.« Anni stößt mich von der anderen Seite an und deutet wiederum auf ihren Gesprächspartner neben sich. Markus streckt mir seine Hand entgegen.

»Freut mich, Anni sagt, dass es für dich bestimmt okay ist, wenn ich dir ein paar Fragen zu deiner Therapie stelle.«

Ich ergreife Markus' Hand.

»Jens, hey. Gerne, ich freue mich immer, wenn ich Aufklärungsarbeit leisten darf.«

Nachdem ich ausführlich über meine sich verabschiedenden Geschmacksnerven referiert habe, drehe ich mich nochmal zur anderen, Annes Seite um. Der Platz neben mir ist leer. So ist das eben auch, wenn man mit Chemoglatze ins Theater geht, denke ich und wende mich wieder Markus zu.

»Steht dir übrigens echt gut, die Glatze.«

»Danke, das hört nicht auf mich zu erfreuen!«

Red Hot Chili Peppers

Ich habe von meiner Ärztin bereits ausführliche Vorträge über die Wirkungen und Nebenwirkungen meiner Therapie gehört. Ein Punkt, den sie nur kurz angeschnitten hat, »weil da alle ein bisschen anders drauf reagieren«, ist mein Geschmack. Manche Patienten reagieren wohl besonders heftig auf bestimmte Gewürze, manche finden bisher geliebte Gerichte plötzlich unfassbar ekelhaft, manche schmecken auf einmal nur noch die Hälfte. Geschmäcker sind eben verschieden, denke ich und frage mich, in welche Rubrik ich wohl falle. Es dauert nicht lange, bis Anni mich zielsicher zuordnen kann.

Da ich sowieso den ganzen Tag zu Hause sein muss, während meine Abwehrkräfte sich in Sinuskurven erst verflüchtigen und mit den Pulp-Fiction-Spritzen wieder zurück in meinen Körper finden, koche ich abends oft für Anni und mich. Heute steht ein Gericht aus unserem bisher sträflich vernachlässigten Asia-Kochbuch auf dem Programm. Ich beginne etwa eine Stunde, bevor Anni von der Arbeit kommt, und schnipple und wokke, dass es eine Freude ist. Das Gemüsecurry hält sich geschmacklich allerdings sehr zurück, fällt mir beim Probieren auf und so helfe ich unserem Abendessen mit Chili, Salz und scharfem Currypulver auf die Sprünge, bis ich es ansprechend würzig finde. Gut gelungen ist meine Kreation, denke ich und beginne, den Tisch zu decken, als Anni die Wohnungstür aufschließt. Perfekt, das ist wahrlich ein königlicher Schmaus geworden. Was gibt es Schöneres, als nach beendetem Tagwerk im heimischen Nest direkt mit einem aufwändigen wie leckeren Mahl bedacht zu werden? Gut, generelle Gesundheit ohne Lymphdrüsenkrebs fiele mir durchaus als etwas NOCH Besseres ein. Dennoch freue ich mich ganz außerordentlich, Anni eine Freude mit meinem Wok-Gericht zu machen.

»Was hast du da reingetan?«, fragt Anni mich keuchend, nachdem sie den ersten Löffel probiert hat. Sie hat Tränen in den Augen und schaut angewidert auf ihren Teller.

»Nur etwas Chili, Salz und Curry.«

Ich probiere ebenfalls meine Kreation – ob das Ganze noch durchgezogen und dadurch ungenießbar geworden ist? Das wäre äußerst schade, da ich mir wirklich Mühe gegeben habe und lange am Herd stand. Es schmeckt … ganz ausgezeichnet.

»Probier nochmal, vielleicht hast du ein Stück Chili erwischt.«

Anni nimmt einen zweiten Löffel und spuckt nach einem kurzen Kauversuch ihren Mundinhalt wieder auf den Teller.

»Das kann man unmöglich essen! Das ist unerträglich scharf!«

Ich probiere Löffel nach Löffel und bin weiterhin entzückt von meiner kranken Kochkunst. Während ich begeistert meinen Teller leer mache, merke ich, wie mir der Schweiß ausbricht. Dicke Tropfen perlen auf meiner Glatze und meine Stirn ist komplett nass. Anni sieht mich an und lacht.

»Du merkst das nicht, weil deine Geschmacksnerven hinüber sind! Das ist ungenießbar.«

Wahrscheinlich hat sie recht, wird mir klar, während ich mir wieder und wieder mein nacktes Haupt mit dem Küchentuch trockne.

Ich schwitze wie Barbara in unserem Jahre zurückliegenden Barcelona-Urlaub. Damals erzählte sie mir von einem Abend mit ihrer Urlaubsromanze Liva, die in einer wohl mangelhaft bis ungenügend klimatisierten Bar startete. Draußen waren es um die vierzig Grad, drinnen gefühlt dank Körperwärme der Trinkenden und einer Menge Zigarettenrauch noch mehr. Zudem kam die Schameswärme über ihre eigene Transpiration, die den Effekt noch weiter verstärkte. Barbara wischte sich erst noch verhalten hin und wieder die Stirn ab. Dann krochen die Schweißflecken langsam von ihren Achseln in Richtung Brust, vereinigten sich dort und ließen keine Fragen offen.

Liva, eine sehr blonde, kleine und zart wirkende Dänin, saß ihr gegenüber und kommentierte so charmant wie treffend ihre heftige Transpiration:

»Barbara, you're sweating like an animal.«

Ich fühle mich gerade so, wie sich Barbara in Barcelona gefühlt haben muss, geht mir durch den förmlich dampfenden Kopf.

Anni schiebt mir ihren Teller rüber und steht auf.

»Sei nicht böse, aber ich mach mir jetzt noch ein paar Scheiben Brot.«

Wie kann ich ihr böse sein, wenn sie das Chili-Inferno, das gerade in meinem Körper tobt, auch noch geschmackssinnlich erfährt? Eine furchtbare Vorstellung. Aber ich merke davon im Mund immer noch rein gar nichts. Ohne meine körperlichen Reaktionen würde ich das Ganze für ein ganz ausgezeichnetes Gemüsecurry halten. Ich esse also schwitzend weiter, während Anni sich ihr eigenes Abendbrot schmiert.

Glatzenspaß

Meine pflegeleichte Frisur überrascht mich regelmäßig aufs Neue. Draußen ist es mittlerweile ganz schön kalt geworden, so dass ich nur noch mit Mütze vor die Tür gehe. Ich habe mit meiner Mutter zusammen zwei Modelle für meine haarlose Zeit ausgesucht. Eine dunkelblaue, leichte Modemütze für milde Temperaturen und eine schwarze Wollmütze für die ganz kalten Tage. Allerdings halten sich die Tage momentan noch ziemlich zurück, was schneidende Kälte und Wind angeht. Wir erleben einen verhältnismäßig zahmen Winter, Schnee wird es wohl dieses Jahr keinen geben, was für Heidelberg durchaus normal ist, wie mir mein nasalnuschelnder Taxifahrer verrät.

Jedenfalls machte ich den entscheidenden Fehler, zur Apotheke mit meinem blauen Lightmodell aufzubrechen und friere nun erbärmlich am Kopf. Wann habe ich schon einmal am Kopf gefroren? Ich kann mich nicht erinnern, und es fühlt sich so scheiße an, dass ich mich bestimmt erinnern würde. Wie toll Haare anscheinend isolieren. Wahnsinn. Der Sinn von Körperbehaarung erschließt sich mir ganz neu. Ich eile wieder nach Hause und breche erneut mit dem schwarzen Wintermodell auf – viel besser!

Auf dem Weg zur Apotheke ersinne ich spannende Glatzengefühle, die ich mir bescheren könnte. Das Am-Kopf-Frieren war ja durchaus interessant, wenn auch nicht besonders angenehm. Unter der Dusche stehen ist ein ebenso spannendes Erlebnis. Das sanfte Prasseln des Wasserstrahls auf meinem kahlen Haupt ist wirklich sehr entspannend und glatzenschmeichelnd. Vielleicht sollte ich mal einen Nachmittag in einem Teppichgeschäft verbringen und die Wirkung verschiedener Läuferstrukturen an meiner Glatze austesten? Das lässt wiederum im Hirn unter meiner Glatze recht merkwürdige Bilder entstehen, wie ich katzengleich durch die Reihen von Teppichen stromere und mein zartes Köpfchen an jedem zweiten Teppich reibe. Für den Fall, dass ich ein besonders samtenes Exemplar finden sollte, werde ich die natürlich wunderschöne Teppichverkäuferin bitten, die Innenseiten meiner Mützen mit genau diesem Streichelschmeichler auszustatten. Die Verkäuferin sieht in meinem Kopf aus wie Frau Tokur, die einst so wunderbar konzentriert aus braunen Augen blickend meinen Port einpflanzte. Was für eine schöne Vorstellung.

Oder, da sich ja das Wasserprasseln ganz hervorragend auf der Glatze anfühlt: Ich sollte die Berieselung durch verschiedene Flüssigkeiten testen. Aber wo könnte ich meinen Kopf unter verschiedene Flüssigkeiten halten? In einem Schwimmbad wäre sicherlich die Art des Wasserstrahls zu variieren. Ich denke an normale Duschen, Wasserfallpilze, Fontänen und dergleichen. Aber andere Flüssigkeiten? Vielleicht eine Fabrik für Süßigkeiten? Ich stelle mir zumindest vor, dass beim Prozess der Gummibärchenherstellung die bärenausmachende Masse irgendwann im flüssigen Zustand in die Bärchenformen gekippt wird. So was auf der Glatze zu spüren wäre bestimmt interessant. Und klebt bestimmt wahnsinnig. Wie sich wohl schmelzendes Eis auf einer Glatze anfühlt? Das wäre recht leicht zu testen. Aber jetzt im Winter auch nicht mein Herzenswunsch. Eher heiße – na sagen wir lieber warme – Kirschen.

Ich beschließe, nach der Apotheke noch einen Abstecher in den Supermarkt zu machen und mir irgendeine lustige Flüssigkeit zu kaufen, die ich auf meine Glatze kippe. Dann bin ich auch schon angekommen, die elektrischen Türen surren einladend auf und mir schlägt die tropische Raumtemperatur der Medikamentenhöhle entgegen. Ich ziehe die Mütze ab und gebe meine Bestellung an der Theke auf. Das Team der Apotheke besteht aus vier, sich alle irgendwie leicht ähnelnden Frauen sehr unterschiedlichen Alters, vielleicht ein einziges Familienunternehmen? Jedenfalls sind sie auch allesamt wahnsinnig ähnlich nett und geben mir erfolgreich das Gefühl, wirklich Anteil an meinem Ritt durch die Chemowogen zu nehmen.

»Gut sehen Sie heute aus!«

»Danke, ich fühle mich auch verhältnismäßig fit. Betonung auf verhältnismäßig.«

»Ach, Sie packen das schon. Ich habe schon Patienten in ganz anderen Zuständen hier reinkommen sehen. Das ist nicht immer schön.«

Wir schnattern uns durch ein nettes Konversatiönchen, während mir die Apothekerin meine Medikamente zusammensucht. Kurz vor dem üblichen Verabschiedungsgeplänkel fasse ich mir ein Herz:

»Ist das eigentlich ein Familienbetrieb hier?«

»Ja, meine Schwester und ich und ihre beiden Töchter bedienen Sie hier. Meine Schwester hatte vor zehn Jahren auch ein Hodgkin-Lymphom, deshalb kennen wir uns ganz gut aus in der Richtung.«

Habe ich es doch geahnt! Also das mit der Verwandtschaft, nicht die Krebsgeschichte der Schwester. Wir reden noch ein wenig über die verschiedenen Nebenwirkungen von Chemo und Medikamenten, dann kommt ihre Schwester dazu und wir reden noch ein wenig mehr über das Ganze. Sie sind beide ausgesprochen nett, ich fühle mich entsprechend sehr wohl und gut betreut. Nach weiteren zehn Gesprächsminuten und dem Wissen, dass ich eine – zwar mittlerweile wieder behaarte – Glatzenexpertin vor mir habe, stelle ich der Apothekerinnenschwester die entscheidende Frage:

»Was hat sich am tollsten auf Ihrem Kopf angefühlt, als Sie eine Glatze hatten?«

»Eine gute und wichtige Frage, Herr Fissenewert. Ich habe selbst damals viel ausprobiert und kann Ihnen versichern: Ein Kopfkratzer ist das Beste, was Sie Ihrer Glatze gönnen können.«

Ein Kopfkratzer! Natürlich! Warum bin ich nicht selbst darauf gekommen? Meine Mutter hat so ein Ding sogar zu Hause, sieht aus wie ein aufgeschnittener Schneebesen. Ihr selbst war das Kopfkratzgefühl immer zu krass, ich habe es geliebt. Mein neuer Auftrag also: Kopfkratzer besorgen! Und zwar heute noch, ich kann unmöglich warten, bis meine Mutter das nächste Mal zu Besuch kommt.

Die Schwester der Hodgkin-Schwester kann meinen Denkprozess offensichtlich in meiner Mimik mitverfolgen und gibt mir mit unschlagbarem Timing Hilfestellung:

»Soweit ich weiß, können Sie bei Herrn Pfister in der Eichendorffstraße einen Kopfkratzer kaufen.«

Ich bedanke mich überschwänglich, bezahle meine wahnsinnig teuren Medikamente mit wahnsinnig wenig Geld (da wird einem erstmal so richtig klar, wie toll so eine Krankenkasse ist) und stürme in Richtung Eichendorffstraße aus der sich hektisch öffnenden automatischen Apothekentür.

Die Eichendorffstraße ist nicht weit, schon im Schaufenster des Tante-Emma-Krimskrams-Ladens von Herrn Onkel Pfister lächelt mir ein Kopfkratzer verheißungsvoll entgegen. Einpacken? Nein! Den nehme ich gleich mit, in der Hand.

Ich halte meine neue Errungenschaft wie ein Zepter in der krebskranken und doch gefühlt königlichen Hand und eile durch die Kälte nach Hause. Meine Zepterhand ist zwar nach fünf Minuten halb erfroren, aber die Vorfreude auf den nahenden Wohlgenuss hält meinen Restkörper warm. Tür auf, Treppen hoch, so viel Puste ist heute noch drin. Kurz darauf sitze ich auf dem Sofa und teste den Kopfkratzer auf meiner Glatze. Die Apothekerin hat nicht zu viel versprochen. Es ist fantastisch!

Als Anni nach Hause kommt, findet sie mich mit weggetretenem Gesichtsausdruck auf dem Sofa vor, der Kopfkratzer schubbert sanft und glatzenschmeichelnd über meine Kopfhaut.

»Ich habe den Sinn meiner Glatze erschlossen!«

Sie schaut eine Weile auf die sich ihr bietende Szenerie, dann setzt sie sich zu mir aufs Sofa und bittet um den Kopfkratzer. Während sich Annis Gesichtsausdruck langsam meinem annähert, stellt sich bei mir direkt kratzloser und nüchterner Pragmatismus ein. Warum habe ich Depp nicht zwei Kopfkratzer gekauft?

Der Lymphoma Fucker

Barbara erzählt mir von einer Dokumentation über junge Krebspatienten. Anscheinend sei bewiesen, dass Kinder, die in Videospielen virtuelle Krebszellen vernichten, ihre Heilungschancen signifikant verbessern. Klingt so einleuchtend wie faszinierend und ich frage mich, warum ich keine Videospiele in der Tagesklinik vorgesetzt bekomme. Nur zu gerne würde ich meinen schlechten Comedians auf dem Bildschirm mit Superkräften und Blei einheizen. Ich stelle mir das sehr befriedigend vor, den Hass auf meine Krankheit durch virtuelle Gewalt ausleben zu können. Und dann auch gerne möglichst blutig.

Am Telefon planen Barbara und ich die Abenteuer des Lymphoma Fuckers (der Name hat sich mittlerweile fest etabliert). Videospiele, Filme, vielleicht eine Zeichentrickserie und natürlich Kleidung, Tassen, Spielfiguren und was sonst zu einer gesunden Merchandise-Kampagne dazugehört. Je detaillierter wir den Lymphoma Fucker und seinen Kampf gegen das personifizierte Böse namens Oliver, Cindy und Mario skizzieren, desto sicherer sind wir uns, gerade ein ziemlich eindrucksvolles Geschäftsmodell erdacht zu haben.

Am nächsten Tag durchforste ich das Internet nach Videospielen zum Thema Krebserkrankung und finde eine Reihe der Browserspiele, die in Barbaras Doku vorgestellt wurden. Mit kleinen Raumschiffen und lustigen Waffen wie dem »Chemo-Blaster« kämpfe ich gegen böse Krebszellen. Die Spiele sind gut gemacht – es macht eine Weile wirklich Spaß, die bösartigen Tumormonster ins Nirwana zu befördern. Leider wurde das virtuelle Vergnügen wohl eher für junge Patienten programmiert und ist dermaßen simpel, dass ich mich nach einer Viertelstunde bereits zu langweilen beginne.

Ich stöbere weiter und suche gezielt nach Monsterspielen für Erwachsene, den Krebskontext muss ich meinen Gegnern dann eben andichten. Meine einzige Erfahrung in dieser Hinsicht war *Resident Evil*, das ich mit Jona gemeinsam auf seiner Konsole am Tag meiner Hiobsbotschaft gespielt habe. Was gibt es denn noch in dieser Zombierichtung?

Nach einer halben Stunde lese ich einen Spielbericht über *Dead Island* – ein Zombieschlachtfest, das sogar spielerisch sehr anspruchsvoll und vor allem blutig sein soll. Zudem finde ich nach einiger Recherche zu meiner Verwunderung heraus, dass *Dead Island* in Deutschland verboten ist. Der Gewalt wegen. Es ist so lustig wie berechenbar – je länger ich auf die Verbotsnachricht starre, desto größer wird mein Verlangen, *Dead Island* zu spielen. Einfach nur, weil es verboten ist. Und ich ziemlich neugierig bin, wie blutig denn ein Spiel sein muss, damit es in Deutschland verboten wird. Meine neue Aufgabe: Irgendwie an *Dead Island* kommen!

Aber wie macht man so was? Kann ich einfach ein ausländisches Spiel kaufen, das in Deutschland verboten ist? Läuft das dann auch auf meinem Rechner? Mache ich mich damit vielleicht strafbar? Ich lese in verschiedenen Videospielforen herum und anscheinend gibt es einen Haufen von *Dead-Island*-Spielern in Deutschland. Wie kommen die wohl da dran? Ich beginne mir meinen Weg zum Spiel zu ergoogeln und fühle mich wie ein Hacker. Ein ziemlich ahnungsloser Hacker zugegeben, aber immerhin.

Ich erinnere mich, dass mein computerbewanderter Schulfreund Henning einst den ersten MP3 über das Internet auf meinen Rechner lud. In einer Zeit, als »Modem« ein völlig gebräuchliches Wort war und jeder dazu das entsprechende melodiöse Ich-bin-drin-Piepen im Ohr hatte. Er dokterte eine gefühlte Ewigkeit an meinem Computer herum, niemand von uns biertrinkenden Technikdeppen konnte auch nur im Geringsten nachvollziehen, was Henning da werkelte. Wir hatten alle von der Möglichkeit gehört, dass man theoretisch über das Internet Musik umsonst beziehen kann. Aber wie das ging, wusste keiner von uns. Noch gab es damals kein Napster.

Henning also hackte in unseren bierseligen Augen auf der Tastatur herum und stieß irgendwann einen Seufzer der Erleichterung aus.

»Ta-da! Dein erster MP3 aus dem Netz!«

Wir waren alle fasziniert vom Erfolg der Operation und hörten sogleich meinen – im Nachhinein doch etwas peinlichen – Auftakt zum grenzenlosen Mediensaugen der frühen 2000er.

Stefan Raabs »Wadde hadde dudde da?« war tatsächlich der erste Song, der über das Internet auf meinem Rechner, in meinen Ohren und bald darauf in meinem virtuellen Papierkorb landete.

Nach einer halben Stunde Recherche habe ich die Lösung für mein *Dead-Island*-Problem gefunden: ein Versandhandel aus Österreich. Dort sind wohl Spiele in der Regel erlaubt, die in Deutschland entweder verboten oder geschnitten sind. Und was mich wirklich verblüfft: Anscheinend kann ich *Dead Island* direkt als Download kaufen und heute noch spielen.

Ob das jetzt völlig legal ist oder nicht, interessiert mich nicht mehr. Über Paypal kaufe ich mir einen blutigen Zombie-Download und freue mich, dass Anni und ich in eine überdurchschnittlich schnelle Internetleitung investiert haben. Das ganze Spiel soll in einer halben Stunde auf meinem Rechner sein. Während die Bits und Bytes des Grauens auf meinem Rechner eintreffen, mache ich mich auf ein sehr drastisches und blutiges Spielerlebnis gefasst. Durch jahrelangen Horrorfilm-Konsum während meines Studiums bin ich wenig zimperlich und, wie ich leider zugeben muss, einigermaßen abgestumpft gegenüber übertriebener Gewalt und Blutfontänen auf dem Bildschirm.

Dead Island hält, was das deutsche Verkaufsverbot verspricht: Während ich mich in der Haut meiner Spielfigur durch Horden von Untoten schlage und schlitze, fließt literweise Blut, Körperteile fliegen durch die Gegend, Köpfe rollen ... Es ist fantastisch! In meiner Version des Spiels säubere ich meinen Körper (hier dargestellt als tropisches Ferienresort) von den sich fleißig vermehrenden Krebszellen meiner Erkrankung (also Zombies). Meine ganze Wut über diesen beschissenen gesundheitlichen Zufall entlädt sich in einer Gewaltorgie, deren grafisch detaillierte Darstellung mich nicht im Geringsten verstört, vielmehr in seiner Kompromisslosigkeit befriedigt. Ich spiele für gute drei Stunden wie in einem Rausch und bin danach erschöpft und glücklich. Wer hätte das gedacht? Ich habe mein Krebsspiel für Erwachsene gefunden. Nur schade, dass man die Spielfigur weder sehen noch umbenennen kann. Zu gerne hätte ich als opulent angekleideter Lymphoma Fucker (mit Cape!) den untoten Horden die Stirn geboten.

Zwei Tage später bekomme ich Paketpost von Barbara. Inmitten von Zeitungspapier liegt ein gepanzerter Plastikkrieger, bewaffnet mit zwei überdimensionierten Pistolen. Als ich die Figur in die Hand nehme, fällt mir sein langer grüner Superheldenumhang auf. In geschwungenen Lettern prangt ein großes »LF« darauf, ebenso in klein auf seinem Brustpanzer. Des Weiteren ein gelbes Post-it-Zettelchen:

»Viel Spaß mit dem Lymphoma Fucker – go get them, tiger!« Meine schlechten Comedians können sich warm anziehen.

Nüchtern unter Betrunkenen

Ich gehe mit ein paar Jungs aus meiner Schulzeit Bier trinken. Im Klartext heißt das natürlich: Ich gehe mit und habe meinen Jever-Fun-Spaß, während die anderen sich vorweihnachtlich stimmungsgelöst mit jeder Menge ernstem Bier beschäftigen. Es ist schon sehr spannend, wie das Trunkenheitslevel meiner alten Freunde sich immer weiter von meiner eigenen Nüchternheit entfernt und welche Stimmungen dabei entfesselt werden.

Level 1

Wir sitzen alle beim ersten Bier, es plänkeln die üblichen Wir-haben-uns-lange-nicht-gesehen-was-machst-du-eigentlich-jetzt-so-Gespräche über den Kneipentisch hin und her. Was ich so mache, das wissen sie alle. Fragen aber natürlich nach dem Verlauf meiner Chemo, nach meiner Prognose und tatsächlich auch, was ich denn jetzt so den ganzen Tag mache. Berechtigte Frage, denke ich und fasse für unser loslegendes Grüppchen die spannendsten Anekdoten meiner letzten zwei Wochen in kleinen Häppchen zusammen. Es ist wie immer, irgendwie. Als ob ich gerade von einer Weltreise wiedergekommen bin und alle mich über das verhältnismäßig besondere Erlebnis ausfragen wollen. Schön normal und angenehm vertraut.

Level 2

Nach einer weiteren Runde Bier für die Jungs und friesisch herber Vergnügung für mich trauen sich die ersten zu den etwas detaillierteren Fragen in Bezug auf meine Situation:

»Wann sind dir die Haare ausgefallen?«

»Kannst du noch Sport machen?«

»Wie oft bekommst du eigentlich die Chemo?«

»Ist das eigentlich weit von eurer Wohnung bis zum Krankenhaus?«

Ich genieße die Aufmerksamkeit und rede, erläutere, beantworte Nachfragen und schmücke die Fakten mit kleinen Geschichten aus meinem nicht ganz so alltäglichen Alltag aus. Die Runde sieht mich interessiert an. Wie schön das gerade ist, mit den ganz alten Wegbegleitern diese komische Episode in meinem Leben zu teilen.

Level 3

Das Trunkenheitslevel steigt rapide an, alle geben sich dabei große Mühe. Ich gebe mir große Mühe, die Unmenge an teilweise gleichzeitig an mich gerichteten Fragen zu beantworten, die mittlerweile eine sehr offensichtlich alkoholinduzierte Detailtiefe und Intimsphäre erreicht haben:

»Hast du schon kotzen müssen?«

»Welche Farbe hat so eine Chemo eigentlich?«

»Darf ich mal deine Glatze anfassen?«

»Hast du eigentlich noch Schamhaare?«

»Zeig mal diesen Port!«

Es ist schon sehr amüsant, bei diesem Trinkabend gleichzeitig nüchtern und der kranke Mittelpunkt der Unterhaltung zu sein. Ich genieße es durchaus, bleibe keine Antwort schuldig und werde über das Haupt gestreichelt:

»Wie ein Kinderpopo – krass!«

»Du hast doch gar kein Kind! Fasst du etwa andere Kinder an?«

Gelächter.

»Du Arsch, das sagt man halt so!«

»Aber hast du überhaupt in deinem Leben mal einen Kinderarsch in der Hand gehabt?«

»Wie hört sich das denn jetzt an?«

»Ich frag ja nur!«

Ich ziehe meinen Pulloverkragen nach unten und präsentiere meinen Port:

»Alter …! Krass!«

»Wie abgefahren sieht das denn aus?!«

»Du bist ein Cyborg, Dicker!«

»Kannst du darüber theoretisch auch Bier trinken?«

Es ist großartig. Ich liebe die Jungs für jede Zunahme ihres Trunkenheitsgrads ein wenig mehr. Dann wird eine weitere Runde Bier bestellt.

Level 4

Wir sitzen mittlerweile alleine in unserer Kneipenhälfte. Henning lehnt an meiner Schulter und streichelt meine Glatze. »So weich … so wahnsinnig weich …«

Benjamin sitzt mir gegenüber und versucht mir so umständlich wie detailliert seine Gedanken für die ja sicherlich kommende Verfilmung meiner Krankheitsgeschichte zu unterbreiten.

»… und ich würde einfach mal meinen Bruder fragen, der kennt sich mit solchen Sachen aus. Wenn Mario Barth sich davon beleidigt fühlt und behauptet, du hast ihn mit einem Krebsgeschwür verglichen, das kann schon unangenehm werden. Der hat bestimmt ohne Ende Kohle. Der kann sich die richtig teuren Anwälte leisten. Das solltest du dir auf jeden Fall vorher überlegen, eventuell doch lieber Hitler und Stalin oder so was. Die sind wenigstens tot und verklagen dich nicht.«

»Frag den mal.« Ich liebe seinen Planungseifer.

»Also eine Runde müssen wir jetzt noch auf dich trinken!«, meldet sich Philipp zu Wort und bestellt vier Schnäpse und ein Schnapsglas mit Mangosaft für mich.

»Die Schnäpse und der Saft gehen aufs Haus – gute Besserung!« Der Kellner hat natürlich längst mitgeschnitten, was das abendfüllende Thema unserer Zusammenkunft ist und bedenkt uns liebevoll väterlich dreinblickend mit einer Verknappung unserer Ausgaben.

»Du bist der Hammer, Mann!« Martin fällt ihm um den Hals, während unser edler Schnaps- und Saftfinanzier das Tablett mit unseren leeren Biergläsern und Flaschen in der Hand hat. Das Tablett zittert nicht einen Deut, der Kellner hat sich offensichtlich durch viele Trunkenheitsumarmungen einen festen Stand und eine beeindruckende Balance im Tablettarm antrainiert. Ob ihm dabei schon einmal das Tablett entglitten sei, frage ich ihn.

»Beim ersten Mal ist mir tatsächlich eine 0,3er-Flasche umgekippt, die haben aber auch einen echt unpraktischen Schwerpunkt. Gläser sind an sich kein Problem. Kommt jetzt aber auch nicht jeden Abend vor.«

Henning schaut von meiner Schulter auf.

»Du solltest Artist werden, das sind mal echte Skills, Alter!«

Der Kellner knickst lächelnd und entfernt sich in Richtung Bar, um unsere letzte Bestellung in die Tat umzugießen.

»Kannst du eigentlich noch Liebe machen?« Martin traut sich.

»Könnte wahrscheinlich, aber hab keinen Bock. Hab ich tatsächlich schon länger nicht mehr probiert.«

»Auftrag erteilt!« Henning ist jetzt wieder hellwach.

»Für die Wissenschaft!«

»Und für uns!«

»And the entire human race!«

Dann zitieren sich Henning und Martin per trunkenen Kopfstimmenversuchs weiter durch Michael Jacksons Erbe.

»There are people dying – if you care enough for the living – make it a better place for you and for me!«

»Ich wünsch mir das jetzt, die spielen das bestimmt!« Benjamin schwankt in Richtung Bar.

Der Kellner kommt ihm mit den letzten Schnäpsen entgegen und spielt kurz darauf »Heal the World«.

»Heal the … Fiss!«

»Auf dich, Dicker!«

»Auf die Gesundheit!«

»Auf uns alle!«

Und so liegen wir uns noch eine Weile in den Armen, während Henning und Martin mitsingen und die anderen mir ihre Liebe bekunden. Es ist einfach wunderschön. Als wir uns voneinander verabschieden, hat Philipp Tränen in den Augen. Die brüderliche Liebe meiner alten Schulfreunde erfreut sich im Gegensatz zu mir bester Gesundheit. Vier alte Freunde küssen zum Abschied meine Glatze, dann stehe ich alleine in der Bonner Winternacht und möchte die Welt umarmen. Was für ein Abend!

Wo sind meine Leute da draußen?

Zu Weihnachten kommen ja alle nach Hause, sofern noch keine Kinder den Festtagsabnabelungsprozess beschleunigen. Ich treffe Fabian auf ein Jever Fun in einer nahegelegenen Kneipe. Wir kennen uns, seit wir fünfzehn sind, gemeinsame Freunde und Leidenschaften für ähnliche Musik und Hobbys haben uns zusammengebracht. Mittlerweile haben wir zwar nur noch sporadisch Kontakt, aber wenn einem von uns mal etwas Lustiges bis Nachdenkliches einfällt, teilen wir unsere Erkenntnisse dem jeweils anderen per Mail mit. Und wir sehen uns etwa einmal im Jahr in Bonn. Wie auch heute. Aber heute ist – so wunderbar klischeemäßig das klingt – alles anders. Und zwar nicht nur, dass ich eine Glatze trage und alles verhältnismäßig langsam – weil schnell erschöpft – mache. Sondern weil Fabian nicht ein einziges Mal von sich aus auf meine Krankheit zu sprechen kommt. Es beginnt ein absurdes Theaterstück.

»Ich mache gerade eine Chemotherapie, deshalb die Glatze. Sieht aber alles gut aus, in ein paar Monaten bin ich sehr wahrscheinlich wieder gesund.«

»Krass. Was hörst du gerade so?«

Diese Abfolge von Nicht-Gespräch spielen wir noch ein paar Mal durch, bevor ich es aufgebe.

»Jever Fun – ich darf während der Chemo keinen Alkohol

trinken, das könnte sehr schnell sehr gesundheitsgefähr-
dend werden.«

»Ich bin jetzt nach Leipzig gezogen.«

Fabian erzählt und erzählt mir aus seinem Leben in und
um Leipzig, von Freunden, Liebschaften in musikalischer
und zwischenmenschlicher Hinsicht, Plänen, Ideen, Wünschen. Ich höre zu, denn es ist ja nicht per se langweilig, es,
er interessiert MICH sehr wohl. Aber ich habe tatsächlich
nicht das Gefühl, dass meine doch sehr offensichtlich besondere Situation IHN sonderlich interessiert.

Fabian monologt seine Trennung von Lotte vor sich
hin. Das klingt irgendwas zwischen herzzerreißend und
überfällig, doch mein Hirn schaltet auf Autopilot-Zustim-
mungsnicken und widmet sich anderen Fragen:

Ist das jetzt die Überforderung mit der Situation, die Fabian so reagieren lässt? Ist das okay? Ich war ja in der Diag-
nosephase auch ziemlich durch und habe nicht immer den
allerbesten Gesprächspartner abgegeben. Kann ich verlangen, dass sich ein alter Freund gefälligst mit meiner Krank-
heitsscheiße auseinanderzusetzen hat? Kann ich irgendwas
verlangen, von irgendwem? Bin ich eigentlich grad verletzt?
Oder wütend? Oder nichts davon? Oder beides und noch
viel mehr? Und vor allem: Bin ICH nicht offensichtlich auch
gerade mit der Situation überfordert?

Ich will etwas sagen dazu, kann es aber nicht. Ich weiß
einfach nicht, was. Fabian beendet seine Trennungsge-
schichte und fragt, wo ich denn mittlerweile gelandet bin.

»Heidelberg, mit Anni zusammen. Trifft sich gut, wegen
des deutschen Krebsforschungszentrums.«

»Ich war mal mit Philipp in Heidelberg unterwegs. Die
Altstadt war eine ganz schöne Saufmeile. Ist das immer
noch so?«

»Weiß ich nicht, ich darf ja nicht saufen.«

»Alles voll mit besoffenen Touristen. Und die Asiaten haben dieses Alkohol-Abbau-Enzym ja nicht, die gehen dann richtig steil.«

Es hat keinen Sinn, denke ich. Und ich kann mir gerade beim besten Willen nicht die direkte Konfrontation vorstellen. Es geht einfach nicht. Wir quatschen also noch eine Weile vor uns hin, Fabian redet und redet und stellt immer weniger Fragen an mich. Wahrscheinlich aus Angst, dass ich das Krebsthema wieder auf den Tisch haue. Aber das Krebsthema sitzt ihm gegenüber und der alte, kranke Freund löst sich mit jedem Satz ein wenig mehr in Richtung »Bekannter« auf.

Irgendwann verabschieden wir uns. Fabian reicht mir die Hand, zum wahrscheinlich ersten Mal, seit wir uns kennen. Ich habe schon eine liebevoll in einer Umarmung endende Reaktion auf den Lippen, ergreife dann aber zögerlich seine Hand. Haben wir jetzt das Ende unserer Freundschaft besiegelt? Ich weiß es nicht. Zum Abschied keine Gesundheitsfloskel, keine Steife-Ohren-Empfehlung, einfach nichts. Ich gehe durch die dunklen Straßen in Richtung elterliches Nest. Was zum Teufel ist gerade passiert? Ich bleibe stehen und schreibe Fabian eine Mail von meinem Telefon. Ich schreibe ihm von meiner Todesangst während der Diagnosezeit, von den absurden Untersuchungsmarathons und den Nebenwirkungen des orangen Chemozeugs. Und von Maybeshewill. Ich schreibe ihm alles, was ich ihm hätte erzählen wollen. Und dass ich mich freuen würde, wenn er mich mal anruft und mir sagt, wie er Maybeshewill findet. Dann ist meinem Seelenfrieden Genüge getan, meine Finger sind komplett erfroren und ich stapfe nach Hause.

Pipi bei den Philosophen

Ich bin nach der Weihnachtspause bei meinen Eltern wieder in Heidelberg gelandet und stehe vor den letzten beiden Zyklen meiner Chemotherapie. Die so bedeutungsschwanger als »eskalierend« betitelte Behandlung wird nun so richtig zur Sache kommen – sie eskaliere, steigere sich eben, so Frau Tenschert bei meinem letzten Klinikcheck. Ich muss natürlich wieder sofort an meine Studienzeit denken und die Weg-mit-den-Studiengebühren-Demo, die ich freudig und friedlich protestierend mitlief und auf denen ich sogar kurz davor war, die schlichten, aber dadurch ja gerade eingängigen Parolen ein wenig mitzuträllern. Dann standen wir vor dem Universitätspräsidium am Göttinger Wilhelmsplatz und die Demo, die Masse, die Lage eskalierte. Der maximal alternative und hauptsächlich vegan lebende Teil der studentischen Demonstranten stürmte als ein einziger, personifizierter Schlachtruf des Protests das Gebäude und riss es sich tatsächlich für ein paar Tage unter den schwarz-rot lackierten Nagel. Ich stand damals verblüfft am Rande des Geschehens und versuchte mir krampfhaft eine Meinung zu diesem Demonstrationsvorgehen zu bilden.

Die Einordnung der Situation gelang mir erst am folgenden Tag, als mich eine politisch sehr engagierte Freundin in eben dieses besetzte Universitätsgebäude einlud und mir die Besetzer persönlich vorstellte. Mein Zugehörigkeitsgefühl machte eine ruckartige Kehrtwende, als mir Torben vorgestellt wurde, der, im gemeinsamen Einverständnis, seine besetzende Zeit damit verbrachte, seinen nackten Hintern auf dem Bürokopierer zu vervielfältigen – solange es eben Papier und Toner gab. Mit diesen künstlerischen Meinungsäußerungen wurde alsdann das Gebäude von innen dekoriert. Jedenfalls beschrieben die Zeitungen damals die Lage in Göttingen als »eskalierend«.

Und so muss ich mich wohl darauf gefasst machen, dass meine Chemo mich von innen mit Ärschen aus Papier auskleidet, was sich wohl körperlich als sehr anstrengend herausstellen wird, so Frau Tenschert in leicht anderer Wortwahl. Ich teile ihr meine Vergleichserfahrung mit, sie lächelt amüsiert.

»Behalten Sie diese Leichtigkeit, das schaffen Sie locker.«

Ich verspreche, genau ebendies zu tun, und schlendere guten Mutes und gefühlt wahnsinnig fit den Krankenhausflur hinunter. Vor der Klinik rufe ich Benjamin an und wir verabreden uns zu einem eventuell vorerst letzten Spaziergang über den Heidelberger Philosophenweg.

Der besagte Weg ist seit Beginn meiner Behandlung immer eine kleine Fitnessabfrage mit schöner Aussicht. Bisher bin ich den Weg mit Benjamin in jedem Chemozyklus einmal abgelaufen, die anfängliche Steigung zwar schnaufend, aber immerhin bisher stets bewältigend. Zum Abschluss geht es praktischerweise lange bergab und dann steht man plötzlich wieder in der pittoresken Heidelberger Altstadt und darf »kurz mal ein Bild« von verschiedenen Touristenpärchen vor der alten Brücke machen und danach endlich irgendwo auf ein kaltes und vergnügtes Jever einkehren.

Benjamin und ich fahren mit der Straßenbahn möglichst

weit an den Wegstart heran, ich möchte es sportlich heute nicht übertreiben. Gerade darf ich auch Straßenbahn fahren – dank aufgeputschter und vor allem noch nicht komplett von eskalierenden Chemonstranten niedergemähter Abwehrkräfte (Kracher-Wortspiel, findet auch Benjamin, nachdem ich auch ihm die Herkunft meines neuen Running Gags erklärt habe).

Anfangs führt der Weg durch eine offensichtlich sehr teure Wohngegend. Dies verraten uns Indizien wie Grundstücks- und Hausgröße sowie Automarken und -mengen der dort residierenden Heidelberger. Wir sind etwa fünf Minuten gegangen, da merke ich einen leichten Druck auf meiner Blase.

»Och nö, ich muss jetzt schon pinkeln!«

Benjamin kennt meine Problematik bereits. Ich werde ja bei einer Chemositzung (während der ich tatsächlich mehr liege als sitze, das allerdings in – so die mich betreuende Schwester beim ersten Besuch aufklärend – Liegesesseln) über Stunden hinweg mit Flüssigkeit betankt und bin angehalten, während dieses Prozesses auch noch möglichst viel zu trinken. Der Verdünnung wegen. Das äußert sich nach dem Tankprozess dann in vielen, tatsächlich sehr vielen Klogängen und einem oft drastisch ansteigenden Harndranggefühl. Dieses scheint ähnlich eskalierend drauf zu sein wie meine Therapie. Hat ja auch unmittelbar damit zu tun, ist ja quasi die direkte Folge davon. Jedenfalls drängt meine Demo-Chemo teilweise so zielstrebig nach draußen wie die Göttinger Arschtapezierer damals nach drinnen. Und so musste ich schon das ein oder andere Mal hektisch nach nahegelegenen stillen Orten suchen, wenn wir im Anschluss gemeinsam in der Stadt waren.

»Wie lange haben wir noch?«

Benjamin erkundigt sich nach meiner Einschätzung der Lage. »Im Moment geht es noch, aber erfahrungsgemäß haben wir maximal zehn Minuten.«

Das ist meine ehrliche Einschätzung, es geht tatsächlich immer recht fix, wie da aus einem leichten Blasendruck plötzlich ein schmerzhaftes Völlegefühl erwächst. Ich sehe mich um: Überall nur Villen und teure Autos. Und zu allem Überfluss (wie lustig ist das Wort eigentlich in diesem dekadenten Wohnzusammenhang UND voller Blase?) streunt hinter uns auch noch einer der Villenbewohner herum. Benjamin und ich tauschen einen kurzen Blick, dann lassen wir uns zurückfallen, den Audibesitzer erst überholen, dann sein elektrisches Tor aufschnurren lassen, er verschwindet im Inneren seines Palastes.

Ich sehe mich noch einmal kurz um und steuere zielstrebig auf einen Zierbusch des benachbarten Grundstücks zu. Es gibt hier einfach nichts, da muss eben jetzt die florale Wohnzierde gewässert werden. Was mein chemikaliendurchsetzter Urin wohl mit so einer Pflanze macht? Vielleicht trägt die bald darauf fluoreszierende und Konsumenten gruselig mutieren lassende Früchte? Hose öffnend teile ich Benjamin meine Gedanken mit und frage ihn, was wohl der Genuss dieser Früchte mit den naschenden Vögeln anstellen mag. Doch bevor wir ein stimmiges Horrorfilmszenario entwerfen können, ertönt vor uns ein Riesenlärm. Es ist wohl die villeneigene Sirene, die ein aufmerksamer Hausherr betätigt haben muss, um meine zierbuschmutierende Erleichterung zu unterbinden. Es ist höllisch laut, ich packe wieder ein, wir gehen weiter.

»Mann, Mann, Mann – die stellen sich aber auch an«, schimpft Benjamin, während wir die nächsten paar hundert Meter Weg vor uns sondieren. Grundstücksmauern,

Bürgersteig, noch nicht einmal weitere Zierbüsche, nichts. Zumindest keine offensichtlichen Möglichkeiten. Was tun?

»Lass uns einfach noch um die nächste Biegung schauen, noch geht es.«

Dabei beginnt es jetzt schon etwas zu zwicken. Das geht aber auch schnell, so eine Blasenfüllung. Ich erzähle Benjamin von meiner Schottlandreise mit Anni vor zwei Jahren.

Frisch auf einen im Reiseführer angepriesenen Berg geklettert, suchte ich eine einsame Ecke für meine Erleichterung und fand diese auch recht bald. Ich entdeckte ein kleines Felsplateau, das von allen Seiten uneinsichtig war, nur talwärts konnte ich hunderte Meter tief und weit schauen. Letztendlich die perfekte Pinkelaussicht. Ich packte aus, ließ laufen und hatte leider die Rechnung ohne die starken schottischen Bergwinde gemacht. Bevor ich überhaupt ein »Aufhören!« in die Tat umsetzen konnte, blies mir eine jähe Windböe meinen eigenen Strahl um die Ohren. Und nicht nur die Ohren. Gesicht, Jacke, Hose, ich wurde einmal komplett besprenkelt. Im Augenwinkel sah ich Urintropfen an meiner Sonnenbrille hängen. Als ich kurz darauf fluchend und tropfend wieder in Annis Sichtfeld trat, hatte diese einen der größten und längsten Lachanfälle unserer bisherigen Partnerschaft.

»Das ist die beste Reaktion, die man sich wünschen kann, Dicker.«

»Finde ich auch.«

Kurz überlege ich, ob diese Szene und ihre Reaktionsmöglichkeiten sich nicht gewinnbringend an eine Partnersuchsendung eines Privatsenders verkaufen lassen könnten (»Als sie bei der Pipi-Challenge gelacht hat, war es um mich geschehen!«). Dann zwingt mich mein Harndrang wieder in die Realität zurück.

Gefühlt habe ich nur noch Minuten, bevor mir der Hydrant wegfliegt, wie Benjamin so schön wie treffend in unserer ersten Unterhaltung zu meinem drängenden Dilemma formulierte. Hektische Blicke nach links, rechts, vorne, tatsächlich auch verzweifelt nach hinten – vielleicht habe ich ja eine Villenmauernische übersehen? Habe ich leider nicht. Doch was entdecken meine gehetzten Augen wenige hundert Meter vor uns? Ein zweites zierbepflanztes Behelfsurinal! Ich humpele hastig und harngedrängt auf meine sichere Rettung zu und bringe mich in Positur. Gürtel auf, Hose auf, ausgepackt und laufen lassen. Ich bin im Paradies! Dass die ganze Sache jetzt schon wieder so schnell so unangenehm dramatisch werden musste, denke ich, als über uns ein Fenster geöffnet wird.

»Hey!«, ruft jemand Männliches entrüstet uns hinunter.

»Kannst du dich grad darum kümmern, ich bin noch lange nicht fertig?!«, bitte ich Benjamin um Diskurshilfestellung.

Ich möchte mich tatsächlich nicht pinkelnd für mein Pinkeln rechtfertigen müssen, sondern muss jetzt noch kurz meine rapide abschwellende Blase genießen.

»Mein Freund hier hat Krebs und die Chemo muss raus. Das geht grad leider nicht anders!« Benjamin ruft es hinauf, wie es eben ist.

Kurze Stille vom Fenster. Ich bin fertig und packe vollkommen gelöst und erleichtert wieder ein.

»Alles Gute!«

Jetzt sehe ich den Mann am Fenster auch. Er streckt seinen Daumen nach oben.

»Du packst das schon!«

Was soll man da sagen? Die Menschlichkeit ist doch nicht tot!

»Danke! Sorry wegen des Busches, es war wirklich drin-gend!«

Das Fenster wird geschlossen, meine Hose auch.

»Wie außerordentlich nett.« Benjamin blickt immer noch nach oben und sinniert dem Zuspruch des empathischen Villenbesitzers nach. Ich denke auch nach, allerdings schon wieder in eine andere Richtung.

»Ob der immer noch so entspannt ist, wenn die ersten Vögel von den Chemobeeren essen und dann seine Frau totpicken?«

Mein Date mit der Hausarzthelferin

Zwei Mal in der Woche gehe ich zu meiner Hausärztin und lasse meine Blutwerte bestimmen. Die werden dann postwendend an meine Ärztin im Klinikum gefaxt. Damit Frau Tenschert schauen kann, ob sich mein körperlicher Verfall in den medizinisch vorgesehenen Grenzen abspielt. Signifikante negative Ausreißer der Blutwerte bedeuten dann beispielsweise: Fremdblut. »Sonst kippen Sie uns gleich um.« Oder: Keine Straßenbahn, keine Menschenmassen, keine kränkelnden Freunde. »Sonst stecken Sie sich viel zu rasch an.«

Die Praxis meiner Hausärztin habe ich nach unserem Umzug nach Heidelberg per Internetrecherche ausgewählt. Und zwar nicht, wie man vielleicht meinen könnte, durch eine Fünf-Sterne-Bewertung zur Kategorie »Schickt meine Blutwerte verlässlich zu Frau Tenschert ins Klinikum« oder »Es pikst bei ihr gar nicht beim Blutabnehmen«. Sehr pragmatisch habe ich mit Anni zusammen überlegt, dass ich ja die Strecke zur Hausärztin zwei Mal in der Woche alleine bewältigen muss und dies auch in Zeiten extremer körperlicher Abgeschlagenheit. Entsprechend diesem Szenario habe ich einen praktischen dreiminütigen Nettoweg von meinem Basislager auf dem Sofa bis ins Wartezimmer. Und entsprechend meiner Besuchsfrequenz kenne ich mich mittlerweile bestens in der

Praxis aus. Zu meiner, mich meistens piksenden Arzthelferin Frau Pohl habe ich ein ausgesprochen gutes, gar
herzliches Verhältnis.

»Weißt du noch, wo wir die DVD von der Galashow der
Berliner Jonglierconvention haben?«, frage ich Anni eines
Morgens.

»Die liegt im Regal neben meinem Schreibtisch. Willst
du die heute nochmal gucken?«

Die naheliegende Frage.

»Nee, ich möchte sie meiner Arzthelferin ausleihen, die
interessiert sich dafür, was mich an Jonglage interessiert.«

Die nicht so naheliegende Antwort.

»Ist die vielleicht in dich verliebt?«

Die sehr, sehr naheliegende Nachfrage.

»Frau Pohl ist fünfundfünfzig, verheiratet, Kinder, soweit
ich das beurteilen kann, ein Familienmensch. Ich sehe da
keine romantischen Absichten.«

Die sehr ehrliche Antwort.

Und ich habe Anni noch nicht einmal erzählt, dass Frau
Pohl mir ja vom Fremdgehen des Mannes ihrer Schwester
angewidert erzählte. Die drastischen und gewalttätigen
Konsequenzen, die sie dem Ehebrecher angedeihen lassen
will, deuten darauf hin, dass sie mich nicht beim Blutabnehmen nach einem Date fragen wird.

Obwohl, vielleicht ist das Blutabnehmen ja das Date?
In meinem Kopf habe ich mich gerade in eine etwa drei-
ßig Jahre jüngere Frau Pohl verliebt und gehe, trotz schon
längst überstandener Chemo, immer noch jede Woche zum
Blutabnehmen, da ich mich nicht traue, sie nach einem
Date außerhalb der Praxis zu fragen.

»Ihre Blutwerte sind jetzt aber schon seit Wochen wieder
richtig gut.«

»Ja, die haben meine Medikation ein wenig umgestellt, mir geht es auch deutlich besser.«

»Das sieht man.«

Ich müsste mir tatsächlich regelmäßig das Haupt rasieren, damit die junge Frau Pohl (die in meiner Fantasie natürlich Frau Tokurs Augen hat) nicht merkt, dass die Chemo schon vorbei ist. Wie lange könnte man so ein Spielchen wohl durchziehen, bis Frau Pohl Verdacht schöpfen würde? Wochen? Monate? Vielleicht Jahre? Wahrscheinlich zerbricht mein Gedankenkonstrukt in dem Moment, wenn der Faktor Krankenkasse mit ins Spiel kommt. Die hat bestimmt keine Lust, auch nur eine Woche zu viel für mich zu bezahlen. Mein Vater hat mir einmal grob überschlagen, was meine Behandlung mit allem Drum und Dran so kostet, da flammte in mir direkt eine große Dankbarkeit für unseren in dieser Hinsicht ganz wunderbar funktionierenden Sozialstaat auf.

Oder: Oder! Frau Pohl arbeitet eigentlich schon gar nicht mehr bei meiner Hausärztin und kommt zweimal die Woche nur wegen MIR in die Praxis. Weil sie sich eben in MICH verliebt hat und sich nicht traut, mich nach einem richtigen Date zu fragen. Ihre Ex-Chefin ist natürlich eingeweiht und spielt mit. Vielleicht hat die Hausärztin selbst jemand unglaublich Reichen geheiratet und bezahlt die ganzen Spritzen, Nadeln und Laborkosten aus eigener Tasche. Weil sie eine aufflammende junge Liebe unterstützen will. Vielleicht ist meine Hausärztin ja die Ehefrau des mich pinkeln lassenden Villenbesitzers vom Philosophenweg? Könnte ja sein. Und die Praxis ist eigentlich auch schon lange stillgelegt, die anderen Patienten im Wartezimmer sind nur Statisten, eingekauft von der Schauspielschule. Die ganze Praxis und die Behandlungen: Eine einzige Truman-

Show! Nur damit Frau Pohl und ich unter der finanzierenden Hand meiner Hausärztin zueinanderfinden können.

Ich erzähle Anni von meinen Gedanken und komme rasch zur einzigen logischen Konsequenz.

»Ich sollte ein Buch darüber schreiben!«

»Über deine Beziehung zu Frau Pohl?«

»Über die als Chemo startende Truman-Show!«

»Schreib du mal dein Buch, ich muss jetzt los.«

Manchmal frage ich mich, ob Anni die Zeit auf der Arbeit auch ganz guttut, um dem ganzen Wahnsinn hier zumindest für ein paar Stunden zu entfliehen.

Wenig später sitze ich im Wartezimmer meiner Hausärztin und betrachte nachdenklich meine harrenden Mitpatienten. Warum soll ich eigentlich zweimal die Woche ein Wartezimmer betreten, das mit allerlei kränkelnden und potenziell ansteckenden Mitmenschen gefüllt ist? Es ist immerhin Winter, alle sind hier irgendwie erkältet und schnupfen oder husten Bazillen durch den Raum. Ist es nicht eigentlich etwas problematisch, jemand mit meinen nur noch sehr rudimentär funktionierenden Abwehrkräften in so einen Raum zu stecken? Je länger ich mich umsehe, desto mehr Ansteckungsherde entdecke ich im Wartezimmer. Ich muss hier raus!

Frau Pohl rettet mich und bittet zum Blutabnehmen. Bevor ich ihr die DVD überreiche, teile ich ihr noch meine Bedenken mit.

»Das ist tatsächlich nicht ganz so praktisch. Sie können in den Phasen, wenn ihre Leukozyten komplett im Keller sind, gerne bei mir im Büro warten.«

»Das wäre sicherlich sinnvoll, danke.«

Oha, haben wir jetzt gerade geflirtet? Die Truman-Show ist in vollem Gange.

Mundschleimhaut

Mit meiner Mundschleimhaut verhält es sich laut meiner Ärztin wie mit meinen Haaren. Sie fällt quasi stellenweise aus. Sich schnell teilende Zellen werden von der Chemo besonders in Mitleidenschaft gezogen. Dagegen habe ich diverse Mittelchen bekommen, mit denen ich ausspülen und gurgeln soll, um dem Absterben meiner Mundflora Einhalt zu gebieten. Das hat bisher immer ganz wunderbar funktioniert, bis auf den temporären Verlust eines erheblichen Teils meiner Geschmacksnerven.

Nun ist anscheinend Schluss mit lustig und ich sitze Anni beim gemeinsamen Frühstück mit offenem Mund gegenüber, da ich vor Schmerzen nicht auf meinem Müsli kauen kann. Es fühlt sich an, als hätten sich im Tarnmantel von Haferflocken und Rosinen stattdessen Nadeln und Rasierklingen in meine Mundhöhle geschummelt. Ich versuche die anscheinend feindlichen Frühstückstrojaner ohne große und dadurch schmerzhafte Mundbewegungen wieder in die Müslischüssel fallen zu lassen – und sehe dabei wohl nicht besonders elegant aus, das sagt mir zumindest Annis besorgter und leicht erschrockener Blick. Probiere es dann mit einer Banane und muss mit schmerzverzerrten Gesicht feststellen, dass mein Mund auch dieser verhältnismäßig weichen Nahrung nicht mehr gewachsen ist.

Nachdem ich ausführlich Tee mit meiner täglichen Dosis an Tabletten gefrühstückt habe (wie gut, dass ich die einfach nur schlucken und nicht kauen soll), fährt Anni zur Arbeit und ich überlege, wie ich am besten mit meiner neuen Situation umgehen soll.

Erstens: Ich rufe meine Ärztin an und erfahre, dass sie ein Rezept für ein nicht zu unterschätzendes Schmerzmittel bereithält. Das könne ich mir sofort abholen. Dazu gebe es dann noch weitere Mittelchen für meine Mundflora, da die normale Dosis wohl nicht mehr reicht.

Zweitens: Ich gehe Zutaten für Suppen einkaufen. Die Lust auf feste Nahrung ist mir nach diesem Nicht-Frühstück ziemlich vergangen. Nach dem Einkauf lasse ich mich kurz von meinem nasalnuschelnden Privatchauffeur bei meiner Ärztin vorbeifahren. Die schaut routiniert auf das Schlachtfeld meiner Mundhöhle und händigt entsprechende Spülungen und das Rezept aus.

»Nehmen Sie die empfohlene Dosierung sehr ernst«, gibt sie mir mit auf den Weg zur Apotheke.

»Da haben schon Leute aufgehört zu schnaufen.«

Oha, das scheint etwas ganz Feines zu sein.

In der Apotheke werde ich ebenfalls noch einmal belehrt, die maximale empfohlene Dosis von vierzig Tropfen auf gar keinen Fall zu überschreiten. Und bekomme dann ein unscheinbares Fläschchen des gefährlichen Wundermittels ausgehändigt. Dicke rote Lettern auf der Vorderseite erklären die Nutzungsgrundlage: »Bei starken und sehr starken Schmerzen«. Das hätten die mir in Bonn mal vor der Knochenmarkspunktion geben sollen, denke ich und mache mich gespannt auf den Rückweg.

Anni kommt heute früher von der Arbeit und wir kochen zusammen. Sie übernimmt die Gewürze – ich habe bei meinen letzten Großtaten mit Chili und Salz jegliches Vertrauen in dieser Hinsicht verspielt. Es gibt den Umständen entsprechend: Suppe. Und da selbst flüssige Nahrung meine verwüstete Mundhöhle reizt, genehmige ich mir ein paar Tropfen aus dem nicht überzudosierenden Fläschchen. Ich wäge vorher ab. Zwischen zwanzig und vierzig Tropfen empfiehlt die Packungsbeilage. Keine Zeit für Experimente, denke ich und pendele mich gedanklich bei der goldenen Mitte ein. Dreißig Tropfen in einen Schluck Saft, der wie Sandpapier über meinen Gaumen Richtung Speiseröhre schrubbt. Hoffentlich ist damit gleich Schluss – er soll nämlich verblüffend schnell wirken, der Inhalt des magischen Fläschchens.

Er wirkt verblüffend schnell. Und ich habe ein witziges Déjà-vu. Ähnlich meinem orangen Chemobeutel haben die dreißig Tropfen Schmerzmittel einen Effekt, als hätte ich mich soeben mit einem tiefen Zug in das wohltuende High eines guten Joints abgeseilt. Die Schmerzen in meinem Mund sind weitestgehend verstummt und ich stehe glückselig in der Küche und schaue Anni beim Würzen zu.

»Alles klar?«, fragt sie skeptisch, als sie meinen debil grinsenden Gesichtsausdruck bemerkt.

»Das Schmerzmittel macht breit«, erkläre ich mein Amüsement.

»Und dein Mund?«

»Keine großen Beschwerden mehr.«

»Na dann, scheint mir ein Win-win-Medikament zu sein.«

Sie greift lachend zur Packungsbeilage und liest mir vor, dass ich nun weder Auto fahren noch Maschinen bedienen darf. Und dass in den Nebenwirkungen lediglich von Schwindel und Benommenheit die Rede ist.

»Dann bin ich grad sehr angenehm schwindelig benommen.«

Die Kürbissuppe steht auf dem Tisch und ich würze und würze nach, bis ich auch endlich das schmecke, was Annis Geschmacksnerven mit einer gewöhnlichen Dosis Ingwer, Salz und Pfeffer ausreichend reizt. Die Suppe geht runter wie Öl, ich spüre keine Schmerzen mehr.

Wir überlegen, wie viel Geld wir wohl mit dem unscheinbaren Fläschchen machen könnten. So ein lustiger Rausch, wie ich ihn momentan erleben darf, bringt auf der Straße bestimmt fünf Euro. Damit es auch die harten Jungs richtig kickt, legen wir am besten nochmal zehn Tropfen drauf. Die Packungsbeilage spricht von 0,72 Milliliter Lösung für circa zwanzig Tropfen. Sind also 1,44 Milliliter pro Rausch. Die Flasche enthält hundert Milliliter, ergibt also gut siebzig Dosen. Bei fünf Euro Straßenpreis kämen also ungefähr dreihundertfünfzig Euro zusammen. In der Apotheke musste ich fünf Euro dazuzahlen, also könnten wir uns über dreihundertfünfundvierzig Euro Gewinn freuen.

In meinem Kopf sind Anni und ich schon zu einem Bonnie-und-Clyde-esken Gangsterpärchen aufgestiegen und kontrollieren die Heidelberger Unterwelt. Ob es in Heidelberg überhaupt so etwas gibt? Wir wären jedenfalls die unangefochtenen Bosse dieser wie auch immer gearteten Welt unter der oberflächlich so friedlichen wie pittoresken Studentenstadt. Wir haben das komplette Krankenhaus unterwandert, Frau Tenschert arbeitet uns zu und bekommt dafür jährlich einen neuen Rolls-Royce von uns. Aber Moment, zuvor gibt es noch einige Kleinigkeiten zu klären.

Das Problem ist: Der Verkauf müsste noch organisiert werden. Wir wollen ja nicht selbst auf der Straße herumstehen und mit Schmerzmitteln für starke und sehr starke Schmerzen dealen. Wenn der Dealer einen Euro pro Verkauf bekäme, blieben uns noch zweihundertfünfundsiebzig Euro. Das ist nett, aber nicht besonders viel. Bei Zwanzig-Milliliter-Räuschen und zehn Euro Straßenpreis wären wir bei knapp tausendvierhundert Euro. Und wie oft könnte ich überhaupt das Schmerzmittel bekommen, bis meine Krankenkasse sich über meinen immensen Konsum wundert? Vielleicht könnte ich die ganzen Patienten in der Tagesklinik für mich arbeiten lassen. Wenn dort etwa jeden Monat zehn Patienten so eine Flasche organisieren würden … Das ist schon ein tolles Zeug. Vielleicht möchte ich das gar nicht verkaufen.

Kaltes Blut

Zu Beginn meiner Therapie hat mir meine Ärztin gesagt, dass ich wahrscheinlich zwischendurch eine Bluttransfusion brauchen werde. Deshalb durfte ich auch vor Beginn der Chemo einen HIV-Test machen, damit auch wirklich klar ist, dass, falls ich nachher infiziert sein sollte, es an den Blutkonserven liegt. Das ist natürlich so gut wie ausgeschlossen und heutzutage wird da wirklich ganz genau hingeschaut, gerade nach den Skandalen in der Vergangenheit. Ich fand das Ganze eigentlich hauptsächlich spannend, weil ich noch nie vorher einen HIV-Test gemacht hatte. Und war trotz einer recht überschaubaren Menge an bisherigen Geschlechtspartnern natürlich auch ein wenig aufgeregt, bevor das zufriedenstellende Ergebnis mich wieder entspannte. Falls also Aids, dann durch eine Blutkonserve.

Nach meinem fünften Besuch in der Tagesklinik und meiner fünften *Pulp-Fiction*-Szene im heimischen Wohnzimmer muss ich mich an die Worte von Frau Tenschert erinnern:

»Wenn Sie sich sehr abgeschlagen und schlapp fühlen, beispielsweise nach dem Treppensteigen oder Spazierengehen, dann melden Sie sich bitte bei uns. Es kann sein, dass Sie in dieser Runde eine Transfusion brauchen werden.«

Nun ja, was heißt schon abgeschlagen und schlapp? Ich stehe morgens mit Anni auf und frühstücke. Danach bin ich vom Am-Küchentisch-Sitzen so erschlagen, dass ich direkt auf unser Sofa in die Horizontale umziehe. Nach einer längeren Ruhepause habe ich genug Kräfte und Motivation gesammelt, um zu duschen und mir die Zähne zu putzen. Montags und donnerstags steht dann noch ein Besuch bei meiner Hausärztin zum Blutabnehmen auf dem Programm. Das ist mein Everest. Danach kann ich mich gleich wieder auf dem Sofa einrichten und eine Runde schlafen.

Es ist Donnerstagabend und ich komme aus der Waschküche, als ich zum ersten Mal auf dem Treppenabsatz vom ersten Stock pausieren muss, so erschöpft bin ich. Wir wohnen nicht in einem Altbau, meine Kräfte haben sich dementsprechend nach weniger als fünfzehn Stufen verflüchtigt. Eine so durchdringende Schlappheit macht sich in mir breit, dass ich mich am liebsten direkt auf dem Treppenabsatz vor der Wohnungstür unserer schon lange pensionierten und doch beachtlich fitten Nachbarin hinlegen würde. Auch eine lustige Vorstellung, wie mich Frau Kömm von nun an regelmäßig zusammengerollt um einen Wäschekorb oder eine Einkaufstüte auf ihrem Fußabtreter findet. Zart schnurrend, versteht sich. Sie würde mir dann sicherlich jeweils eine Schale Wasser sowie Trockenfutter hinstellen und sich auf leisen Sohlen wieder in ihre Wohnung schleichen. Oder sollte sie vielleicht besser eine Bluttransfusion für mich bereithalten?

Ich schleppe mich die restlichen Stufen nach oben in unsere Wohnung im zweiten Stockwerk und falle auf das Sofa. Das letzte Mal war ich nach meiner Karateprüfung gegen Ende meines Studiums so außer Atem. Und bei weitem nicht so schlapp wie jetzt gerade.

Verdammte Scheiße, denke ich, während ich die Nummer der Klinik wähle. Das heißt jetzt wohl Blutkonserve.

Dabei hatte ich die ganze Zeit gehofft, dass dieser rot befüllte Kelch doch noch an mir vorbeigehen könnte. Also wieder mal was Neues, Fremdblut aus der Dose quasi. Lässt sich auf jeden Fall einfacher merken als die unaussprechlichen Bezeichnungen auf meinen Chemobeuteln. Ich erkläre immer noch schnaufend meine momentane Reaktion auf circa dreißig Treppenstufen und werde umgehend zum Auftanken in die Klinik eingeladen. Flugs packe ich meine Umhängetasche mit so wichtigen Dingen wie Geld, Haustürschlüssel und MP3-Player. Dann schnell das Privattaxi angerufen und ab vor die Tür.

Während ich die üblichen etwa fünf Minuten vor der Haustür auf meinen Lieblingstaxifahrer warte, übermannt mich die Erschöpfung auf ein Neues. Stehend warten ist keine Option. Aber ich bin zu stolz, um mich vom Sofa direkt ins Taxi klingeln zu lassen. Ich bin meinem Taxifahrer zu so viel Dank für seine unermüdlichen Fahrten mit mir verpflichtet, der soll mal ruhig einfach sitzen bleiben und mich nicht noch aus der Wohnung klingeln müssen. Aber trotzdem kann ich unmöglich hier stehen bleiben. Für Auf-den-Boden-Setzen ist es definitiv zu kalt, das geht nicht. Außerdem habe ich Angst, dass ich danach nicht mehr hochkomme. Moment, da fällt mir etwas ein. Anni hatte in den letzten warmen Herbsttagen noch unsere zwei Gartenstühle unter die Überdachung hinterm Haus gestellt! Schnell ums Haus geschlichen und siehe da: Da steht meine ausklappbare und trockene Sitzgelegenheit! Ich schleppe den eigentlich sehr leichten Klappstuhl vor die Haustür und setze mich. Tut das gut! Das war mal wieder zu viel Action für mich und ist doch kein Zustand, geht mir durch den Kopf, während die Haustür geöffnet wird und Frau Kömm hinter mir steht.

»Genießen Sie einen schönen Wintertag vor der Haustür?«

Ich habe mich natürlich direkt auf den Weg zum Vorgartentor gesetzt und behindere nun ihr Fortkommen.

»Oh, sorry – ich warte auf mein Taxi und bin grad zu schlapp zum Stehen.«

»Bleiben Sie sitzen, ich komm schon vorbei. Sie sind krank, Sie müssen sich schonen!«

Frau Kömm tänzelt mit ihrem Gehstock an meiner Sitzblockade vorbei und winkt mir ein gut gelauntes »Auf Wiedersehen« vom Gartentor aus zu. Neben ihr auf der Straße hält mein Taxi. Ich erhebe mich schnaufend und stelle den Gartenstuhl zumindest etwas seitlich des Gehwegs ab. Mehr geht grad nicht.

»Ins Klinikum, ich brauch Puste.«

»Alles klar, Chef!«

»Sie werden sich danach viel besser fühlen, das ist wie Doping für Sie«, erklärt mir die zuständige Ärztin in der Notaufnahme. Meine zwei Blutbeutel sind nach langem Warten endlich eingetroffen und noch halb gefroren.

»Falls das Ihnen noch zu kalt oder unangenehm ist, sagen Sie uns einfach Bescheid!«

Dann wird mir mal wieder eine Nadel in den Arm gesteckt und an mein Tiefkühldoping angeschlossen.

Es ist faszinierend: Ich merke, wie das eiskalte Blut IN meinen Arm Richtung Schulter läuft. Nicht unangenehm, einfach nur sehr kalt. Zwischen Bizeps und Schulter hat sich das Blut dann so weit aufgewärmt, dass sich die gefühlte Spur verliert. Wahnsinn. Ich habe noch nie so direkt gefühlt, wie etwas in mich hineinläuft. Selbst bei der Chemo merke ich zwar den Effekt in all seinen schillernden Nebenwirkungen, aber nicht den eigentlichen Weg in meinen Blutkreislauf. So liege ich staunend in der Notaufnahme herum und überlege, wer mir wohl dieses prickelnd kalte Blut gespendet hat. Auf meine Nachfrage klärt mich eine Schwester auf, dass sich die Blutkonserven nicht zurückverfolgen lassen. Schade eigentlich. Ich hätte mich gerne persönlich bedankt.

In meinem Kopf ist der Spender zufällig jemand aus meinem Krebsbekanntschaftskreis. Vielleicht ja genau die Schwester, die mich gerade mit IHREM Blut verkabelt hat. Vielleicht findet sie die Vorstellung besonders schön, dass durch ihre Blutspende jemand mit meinem Schlappheitsgrad wieder auf die Beine kommt. Ist wahrscheinlich direkter sicht- und auch weniger furchtbar, als wenn ihre Konserve sofort in den OP zu einem halb verbluteten Verkehrsunfallopfer kommt und sie nachher nur sieht:

»Wie schön, er hat überlebt. Auch dank mir!«

Bei mir kann sie sich quasi minütlich daran laben, wie ich ein wenig aktiver werde. Wahrscheinlich schaut sie die ganze Zeit heimlich nach mir und ob ich schon Daumen drehe oder mit dem Fuß wippe. Ist sie jetzt meine Blutsschwester? Nennt man das dann überhaupt so? Aber dafür fehlt ihr eigentlich ja noch ein Quäntchen meines Blutes. Aber das kann ich ihr unmöglich andrehen, das hat gerade keinen hohen Marktwert, sonst wäre ich ja nicht hier.

Ich überlege kurz, ob ich meine Halbblutsschwester bei ihrem nächsten Nach-mir-Schauen nicht darauf ansprechen sollte.

»Genug der Augenwischerei, junge Frau! Ich weiß, was hier gespielt wird. Es ist IHR Blut!«

Darauf sie, ertappt:

»Woher wissen Sie das?«

»Ich habe gemerkt, wie Sie den gefrorenen Beutel angesehen haben. Mehr als offensichtlich.«

»Sind Sie ein Detektiv?«

»Mitnichten. Ich bin: DER LYMPHOMA FUCKER!«

Da kommt sie herein und fragt, ob alles in Ordnung sei. Ich nehme mir ein Herz.

»Vielleicht ist da ja Ihre eigene Blutspende in meinem Beutel.«

»Ich darf nicht Blut spenden. Ich hatte mit zweiundzwanzig Malaria. Für immer gesperrt.«

»Oh, dann wohl eher nicht. Vielleicht war mein Taxifahrer der Spender.«

»Vielleicht. Oder Ihre Freundin.«

Sie deutet in Richtung Tür.

Anni steht mit besorgtem Gesicht in der Notaufnahme und wird sogleich von meiner Schwester, dann nochmal von meiner nach-dem-Rechten-bei-Herrn-Fissenewert-sehenden Ärztin beruhigt. Wir müssten uns wirklich keine Sorgen machen, das ist eine typische Reaktion auf die Chemo und völlig normal. Jetzt sollte es mir wieder besser gehen, in zwanzig Minuten könnten wir auch nach Hause fahren. Anni nickt erleichtert und legt sich zu mir auf die Liege. So dösen wir die restlichen Milliliter gemeinsam dem Heimweg entgegen.

Während der Rückfahrt bin ich ganz aufgekratzt und erzähle von meinem Erlebnis mit den kalten Blutkonserven. Wir halten vor dem Haus und ich stürme an einem verlassenen Gartenstuhl vorbei in unser Haus, dann in gefühltem Sprint weiter in unsere Wohnung, ohne im ersten Stock zu pausieren. Keine Erschöpfung, keine Atemlosigkeit, ich bin wie ausgewechselt. Die Ärztin hatte recht, so muss sich Doping anfühlen. Fantastisch.

Brow-Power

Nachdem mich zu Beginn der Chemotherapie nur sichtbar die Haupt-, Bart-, Achsel- und Schamhaare verlassen haben, macht sich nun auch der Rest vom Acker. Das heißt: Ich zähle momentan noch drei Wimpern- und insgesamt fünf Augenbrauenhaare. Es sieht ... nicht besonders gut aus. Aus dem Spiegel blickt mir ein Klischee-Krebspatient aus einer klassischen Tragikomödie entgegen. Um ehrlich zu sein, sieht es nicht nur nicht besonders gut aus, es sieht beschissen aus.

Meine Abwehrkräfte sind dagegen gerade wieder voll da, also darf ich raus ins pralle Leben der Stadt. Da mein Vater sechzig wird, kommen meine Eltern übers Wochenende zu Besuch und wir wollen essen gehen. Ihre Sorge um meinen Zustand können beide nicht verbergen, als sie mich am Treppenabsatz erblicken, nur noch geschmückt von acht Haaren im Gesicht. Ich versuche ihnen klarzumachen, dass es mir den Umständen entsprechend eigentlich ganz gut geht, ich eben nur etwas schlapp, blass und haarlos aussehe, aber gerade körperlich im Rahmen meiner Möglichkeiten in Topform bin. Zugegeben ist der Rahmen meiner Möglichkeiten momentan recht eng gesteckt.

Während meine Eltern vor dem Geburtstagsessen dann nochmal IHRE Haarpracht im Hotel richten gehen, stehe ICH etwas ratlos vor dem Spiegel herum und zupfe mir die

Augenbrauen. Alle fünf. Denn gar keine sieht hoffentlich besser aus als fast gar keine. Ist ja beim Haupthaar auch so. Völlig unbebraut sehe ich leider nicht ansatzweise gesünder aus. Dann schaut Anni sich meine Nacktheit ebenfalls an und klärt mich über die Möglichkeiten meiner Augenbrauensituation auf.

»Viele Frauen rasieren sich regelmäßig die Augenbrauen. Die malen sich dann welche. In allen Farben und Formen.«

Ach ja, denke ich und versuche die in mir aufsteigenden Bilder von überschminkten älteren Damen mit Pelzmantel und Zierhündchen zu unterdrücken. Warum nicht?

Es ist schon erstaunlich, was die Augenbrauenform so alles bedingt. Anni pinselt mir mit geschickter Hand mehrere Versionen ins Gesicht und ich sehe mal ernst, mal erbost, mal belustigt, mal vollkommen bescheuert aus. Ich beginne Spaß an meinem neuen Brauen-Setzkasten zu haben. Ein wenig muss ich uns bremsen, da ich meinen Eltern nicht zu ausgefallene Kreationen zumuten möchte. Und so zeichnet Anni für unseren Besuch beim Italiener einfach eine ungefähre Version meiner echten Augenbrauen nach. Der Effekt ist wirklich verblüffend und meine Mutter fragt noch vor der Tür des Restaurants:

»Du siehst wieder viel besser aus als heute Nachmittag. Hast du dich noch was ausgeruht?«

»Nein, ich habe mich gesund geschminkt.«

Es fällt mir schwer, mit neuen Leidenschaften maßvoll umzugehen. Nachdem ich bei meinen wenigen Ausgängen verschiedene schlichte bis verschnörkelt-ausufernde Variationen meiner Augenbrauen zur Schau getragen habe, bin ich nun bereit für den nächsten Schritt. Es ist mein letzter Ausflug in die Stadt, bevor mich meine schwindenden Abwehrkräfte wieder in die Wohnung sperren, wahrscheinlich auf das Sofa fesseln werden. Als Augenbrauen trage ich die Worte »Augen« und »Brauen«. Es sieht nicht besonders gut aus, aber ich bin von der Sinnhaftigkeit der Aktion vollkommen überzeugt. Anni unterstützt meine Idee mit wundervoll geschwungenen Lettern. Es ist ein Fest! Niemand, aber auch niemand geht an mir vorbei, ohne mir nicht leicht irritiert bis regelrecht verstört ins Gesicht zu schauen. Bei unserem Einkaufsbummel durch die Heidelberger Innenstadt lassen sich bestimmten Menschentypen wiederkehrende Reaktionen zuordnen:

Abfälliges Unverständnis vom 08/15-Gangster-Proleten. Wenn sich einer genug mit RLT-Philosophen-Knödeln massiv aufgepeitscht hat, setzt es sogar einen Kommentar Richtung »Schwuchtel« oder ähnlich charmante Worthülsen.

Irritation bei der gehobenen Mittelschicht aus der Weststadt. Ich habe das Gefühl, sie versuchen sich einen Sinn für das Gesehene zurechtzubasteln. Bin ich bedauernswert, provokant oder ein Kunstprodukt? Oder gar alles auf einmal. Ich werde wohl Gesprächsthema bei ihrem nächsten Latte macchiato sein.

Echte Angst bei kleinen Kindern. Ich muss unweigerlich an meine frühere Angst vor Hunden denken und wie ich bei entgegenkommenden Kläffern immer versucht habe, möglichst weit auszuweichen, ohne meine Angst direkt zu zeigen.

Dann kommen wir doch tatsächlich an einem Straßenstand der Kinderkrebshilfe vorbei und informieren uns erst interessiert, dann begeistert über die Angebote des Heidelberger Waldpiratencamps. Die zuständige junge Ärztin weiß natürlich sofort, welches kosmetische Spiel wir spielen, und erkundigt sich nach meiner Erkrankung und dem Verlauf meiner Therapie. Wir stehen und plaudern eine gute Viertelstunde und sie lädt uns ein, die Waldpiraten mal während einer Ferienaktion besuchen zu kommen, um die Kinder mit »Jonglagen zu erfreuen«. Formuliert sie tatsächlich so, wie es wahrscheinlich auch die Lokalredaktion vom Fränkischen Landblatt durchgewunken hätte. Aber egal, gerne erfreue ich mit so vielen Jonglagen wie notwendig.

Ich habe den Eindruck, dass durch unsere klare Zuordnung zum Thema Krebs nun auch allen anderen Passanten dämmert, warum mir Buchstaben statt Haare über den Augen wachsen. Mehrere bleiben stehen und lassen sich das Konzept der Einrichtung erklären.

Auf dem Nachhauseweg werde ich dann noch von einem Australier angesprochen, der wissen möchte, was meine Wortbrauen bedeuten. Nachdem ich ihn aufgeklärt habe, fragt er ganz höflich, ob er ein Foto mit mir machen darf. Selbstverständlich darf er das und ich fühle mich schmeichelhaft prominent. Vor dem Hintergrund meiner Erkrankung sei das ein »very powerful image«, meint er. Es gibt wohl kein besseres Resümee für diesen absurden Tag. The day of Brow-Power.

Abschied nehmen

Robert habe ich schon länger nicht mehr gesehen, er kommt tatsächlich nur für die Chemositzungen in die Klinik nach Heidelberg und wohnt in Saarbrücken. Dort haben ihn seine behandelnden Ärzte allerdings aufgrund der Boshaftigkeit seiner Erkrankung schleunigst zu den Profis im deutschen Krebszentrum der Studentenstadt am Neckar überwiesen. Wir schreiben uns immer eine kurze Textnachricht, wenn einer von uns in die Chemoambulanz zur Betankung muss, unser letztes Treffen ist allerdings schon gut sechs Wochen her. Ich weiß, dass er die ultimative Arschkarte in Sachen Krebs gezogen hat. Erst Leukämie, dann noch ein Tumor hinterm Auge und eventuell noch Krebszellen im Hirnwasser. Seit zwei Jahren schlägt er sich schon mit dieser Scheiße herum. Ich hatte jedes Mal ein schlechtes Gewissen, wenn wir auf seine immer neuen Hiobsbotschaften zu sprechen kamen. Habe ja eine nahezu hundertprozentige Überlebenschance, gedanklich runde ich die Neunzig-zu-zehn-Prognose gerne auf.

»Bin morgen auf der Station, komme gegen zehn zu dir.«

Er weiß, dass ich morgen um zehn wieder in der Tagesklinik für meine Chemo bin. Ich bin gespannt, was sich in Sachen Gesundheit in den letzten sechs Wochen so ereignet hat.

Robert ist eine merkwürdige Bekanntschaft, denke ich. Wir teilten wenig, aber sehr intensive Zeit unseres Lebens miteinander. Ich habe in seinem Arm geweint, als ich ihn noch gar nicht richtig kannte. Eigentlich kenne ich ihn jetzt immer noch nicht richtig. Er hat eine Frau, deren Namen ich noch nicht einmal weiß. Und eine sechsjährige Tochter namens Ida. Darüber hinaus haben wir uns eigentlich nur über unsere Krankheiten, die Klinik und behandelnde Ärzte unterhalten. Und über die Sinnhaftigkeit von anzuschaffenden Gefrierschränken. Und trotzdem oder vielleicht gerade deshalb bedeutet mir Robert etwas.

Oder tut Robert mir hauptsächlich gut, weil ich der weniger Kranke von uns beiden bin? Tatsächlich habe ich bisher nach jeder Unterhaltung mit ihm gedanklich drei Kreuze gemacht, dass es mich relativ sanft erwischt hat in Sachen Krebs und dadurch verringerte Lebenserwartung. Vielleicht ist das der Grund, warum es mir überhaupt recht gut geht mit meiner Gesamtsituation. Weil ich mich zwangsläufig und regelmäßig mit Menschen umgebe, die wesentlich beschissener dran sind als ich. Ich kann mich ja eigentlich nur gut fühlen, da meine bisherigen Kontakte im Klinikum es alle wesentlich schlechter im Krebsroulette getroffen haben. Es ist eine komische Art von unangenehmer Erleichterung, die mich bei jedem meiner Kontakte, vor allem mit Robert zusammen, befällt. Ist das jetzt ein relatives Luxusproblem?

Tags darauf liege ich auf meinem Stammsessel in der Tagesklinik und lasse entspannt farblose Chemie einlaufen. Maybeshewill spielen »In Another Life, When We Are Cats« und ich träume mich auf der Musik zu einer besseren Gesundheit.

»Hey.«

Robert zieht mir sanft einen Ohrstöpsel aus dem Gehörgang. Sein Auge steht nicht mehr tumorbedingt etwas vor, nehme ich innerlich feiernd zur Kenntnis.

»Hey. Ich war grad ganz weit weg. Schön dich zu sehen.«

»Ich wollte mich von dir verabschieden. Ich bin heute zum letzten Mal in Heidelberg.«

»Was? Bist du gesund?«

»Nein, aber ich höre jetzt mit den Chemos auf.«

»Du …? Aber … Das heißt …?«

»Ich habe keine Lust auf eine palliative Therapie, die mich vollkommen zerstört und mir noch ein paar Wochen oder Monate schenkt. Dann habe ich noch weniger Zeit für Ida. Und bevor du fragst: Der Drops ist gelutscht. Glaub mir, ich habe das sehr genau hinterfragt.«

»Wie … wie lange …?« Ich bin vollkommen überrannt und sprachlos. Nicht Robert. Nicht jetzt.

»Je nachdem bis zu zwei, drei Monate. Vielleicht etwas länger. Vielleicht sehr viel kürzer.«

Ich stehe auf und hole meinen Chemobeutelroller auf seine Sesselseite.

»Du …?« Ich kann jetzt nichts sagen. Es ist grad alles zu viel. Stumm nimmt mich Robert in den Arm wie damals auf der Terrasse des Klinikums. Und wie damals weine ich leise in seine Schulter.

»Es tut mir leid, wenn ich deinen Tag versaut habe. Aber ich wollte mich wenigstens verabschieden.«

»Es tut mir so leid.« Sagt man so etwas auf so eine Nachricht? Was sagt man? Was sage ich? Robert zieht mir gerade in einem Maße den Boden unter den Füßen weg wie meine erste, noch ekelhaft wage Krebsdiagnose, bevor Prozentzahlen zur Einschätzung der Überlebenschancen im Raum standen.

»Danke für die schöne Zeit mit dir.« Robert ist vollkommen ruhig und abgeklärt wie immer.

»Ich gehe jetzt. Ida wartet mit Connie unten.«

»Okay? Okay.« Ich biege irgendwie mein Unsicherheits-
fragezeichen zurecht und kann mich einigermaßen unter
Nicht-Heul-Kontrolle bringen.

»Ich weiß, dass du den Hodgkin locker wegsteckst. Ich
wünsche dir alles Gute.«

»Ich …«

»Sagen Sie jetzt nichts«, zitiert Robert unsere gemeinsame
Lieblingsseite des SZ-Magazins. Er nimmt mich nochmal
in den Arm.

»Mach's gut.«

Dann geht er aus dem Raum, ohne sich umzudrehen.

Ich lasse mich zurück auf meinen Chemosessel fallen und
weine still vor mich hin.

Schwester Anni legt mir die Hand auf die Schulter.

»Es tut mir leid. Sie sehen aus, als könnten Sie etwas Ge-
sellschaft vertragen? Oder möchten Sie lieber alleine sein?«

»Ich weiß es nicht.« Ich weiß tatsächlich überhaupt gar
nichts in diesem Moment.

»Dann bleibe ich erstmal bei Ihnen, bis Sie es wissen.«

Und so sitzt Schwester Anni still neben mir auf dem Chemosessel, während Tränen aus mir raus- und Chemikalien
in mich reintropfen. Kreisläufe, denke ich nur. Verdammte
Scheiße, Robert.

In meinem Kopf tritt ein Mann ins Foyer des Klinikums.
Ein sechsjähriges Mädchen fliegt in seine Arme. Er strengt
sich an, dass er sie trotz Hüftproblemen hochheben kann,
und tauscht mit Connie einen liebevollen Blick aus.

»Lasst uns in den Zoo gehen, der ist hier direkt nebenan.
Wir sollten die Zeit nutzen, wenn wir schon mal hier sind«,
sagt Robert lächelnd.

Warum eigentlich?

Benjamin kommt mit seiner Freundin Jette und deren alter Schulfreundin Anja zum Abendessen vorbei. Jette ist erfahrungsgemäß super, Anja sehe ich heute zum ersten Mal. Anni ist wiederum mit IHRER alten Schulfreundin Katharina unterwegs. Ich gönne ihr die Auszeit von unserer Hodgkin-Höhle sehr. Die vollkommene Selbstverständlichkeit, mit der Anni mir Geduld, Empathie und Unterstützung entgegenbringt, hat mich seit der ersten Woche unseres Zusammenlebens beeindruckt. Und wir sind ja tatsächlich zwei Wochen vor Beginn meiner Chemotherapie zum ersten Mal in die gleiche Wohnung eingezogen. Unser Zusammenleben besteht quasi bisher nur aus der aktuellen Verteilung von Krankem und Unterstützerin. Das Rollenverschieben nach meiner Genesung dürfte in jeder Hinsicht interessant werden. Aber das ist vielleicht eine Überlegung für Buch Nummer zwei.

Jetzt empfange ich also Besuch zum Abendessen und habe mir extra dezente Augenbrauen von Anni anmalen lassen, sehe also nicht vollkommen krebsfertig aus. Meine Blutwerte sind im Rahmen ihrer Möglichkeiten ganz gut, mein Besuch ist kerngesund – alle Vorkehrungen für einen gefahrenfreien und unproblematischen Abend sind also getroffen.

Jettes Freundin Anja ist Lehrerin an einer Waldorfschule und ich bin sehr neugierig, ob die ganzen Klischees stimmen. Namen tanzen, esoterisches Wirrwarr und so was. Es scheint teilweise zu stimmen, so berichtet Anja. Sie habe an ihrem ersten Tag direkt mit dem gesamten Kollegium das Wort »Halleluja« tanzen dürfen. Ich bitte sie, es mir einmal vorzutanzen, was sie auch direkt macht. Die Vorstellung ist herrlich, also Anjas Vorstellung und wie ein Haufen erwachsener Leute dieses Wort im Rahmen eines gegenseitigen Kennenlernens und Einstimmens auf das neue Schuljahr gemeinsam verbildlicht. Und sicherlich ein super Icebreaker. Eigentlich wirklich eine tolle Sache, in meinem Hinterkopf nagt nur das Vorurteil, dass manch einer der Waldorfkollegen das Ganze ein wenig ernster nimmt, als ich es mit meiner Weltanschauung kann. Aber dann auch wiederum: Was weiß ich schon? John Niven hat in seinem Roman *The second Coming* das ganze christliche Werteding des menschlichen Zusammenlebens und Tolerierens so schön wie knapp auf ein schlichtes »Be nice« anstatt umständlich formulierter Zehn Gebote runtergebrochen. Oder wie man in meiner rheinischen Heimat so schön sagt: Jede Jeck is anders! Also meinetwegen findet eben Sinn in Choreographien zu bedeutungsschwangeren Wörtern.

»Weiß man eigentlich, was deine Erkrankung verursacht haben könnte?«, fragt Jette mich irgendwann.

Natürlich kommen wir heute Abend immer wieder auf den haarlosen Elefanten im Raum zu sprechen. Und natürlich auch weil Jette leider ihre Schwester Luzie verloren hat, als diese gerade mal neun Jahre alt war. Leukämie, das Ganze dauerte etwa ein Jahr, bis Luzie den Kampf verlor. Jette war damals vierzehn und nachvollziehbarer Weise vollkommen neben der Spur. Und vielleicht auch deswegen haben wir ein sehr offenes Gesprächsverhältnis, was meine ganze Krebsscheiße angeht.

»Aktuell gibt es da keine gesicherten Ergebnisse, meint meine Ärztin. Einer von hunderttausend – ist einfach Roulette. Aber nichts in der Liga von ,Rauchen und davon Lungenkrebs bekommen' oder Ähnliches.«

»Wer weiß, vielleicht kriegen die irgendwann raus, dass das die Strafe dafür ist, dass wir damals in die Schaumweinflasche gepisst haben und die Mädels aus der Stufe unter uns das probiert haben?«, meldet sich Benjamin mit einer sachlichen wie nachvollziehbaren Theorie zu Wort.

»Warum hast du den Mist dann nicht? Wir haben damals beide in die Flasche gepisst.«

»Vielleicht, weil du als Zweiter dran warst und die Mädels letztendlich dadurch nur deine Pisse von oben abgetrunken haben?«

»Guter Punkt.«

»Schöne Jugenderinnerungen, die Herren, können wir bitte anderen Theorien nachgehen?« Jette versucht die Nostalgiewelle aufzuhalten. Ich versuche den Bogen zu schlagen:

»Jedenfalls finde ich das ganz angenehm, zu wissen, dass ich das nicht selbst verursacht habe. Dass es einfach ein blöder Zufall ist. Muss sich bestimmt echt scheiße anfühlen, wenn man als starker Raucher irgendwann Lungenkrebs bekommt. So im Sinne des Selbsteinbrockens.«

»Ich glaube schon, dass jede Erkrankung einen Grund hat«, stößt Anja zur Unterhaltung dazu.

»Na ja, irgendeinen Grund wird die natürlich haben. Irgendeine komische Zelle in mir hat sich vielleicht mal gedacht: Jetzt so richtig losteilen, das wär der Hammer!«

»Ich glaube, dass eine Krebserkrankung eine Reaktion auf bestimmte Lebensumstände ist. Vielleicht zu viel Stress bei der Arbeit oder im Privaten. Zu viele negative Gedanken. Diese Dinge wirken sich schon auf den ganzen Körper aus.«

Ich bin ein wenig überrascht, dass Anja ihre Gedanken zum Thema »Warum eigentlich?« tatsächlich MIR gegenüber artikuliert.

»Möchtest du mir quasi durch die Blume sagen, dass ich doch irgendeine Art Schuld an meiner Situation habe?«

Ich schaue Anja dabei an, sehe aber aus dem Augenwinkel, wie sich Benjamin und Jette einen schnellen Blick zuwerfen, der das dünne Eis der aktuellen Konversationsentwicklung zur Kenntnis nimmt.

»Ich glaube nur, dass sich die meisten Krebserkrankungen vermeiden lassen, wenn man ein achtsameres Leben führt, als es heute en vogue ist. Die Menschen verlieren die Wahrnehmung ihres Körpers und ihrer Seele.«

Um Himmels willen! Jetzt kommt aber die Bestätigung der Eso-Waldorf-Klischees mit Macht um die Ecke! Ich fühle mich schon sehr auf den Schlips getreten, das sagt man doch keinem Krebspatienten ins Gesicht. Ich habe ja ihre eurythmischen Hopser als Teambuildingmaßnahme anerkannt und nicht in ihrem viel zu bedeutungsschwangeren Ursprung hinterfragt und zerpflückt. Ich möchte etwas Schlagfertiges sagen, auch etwas Provozierendes, aber nichts zu Verletzendes. Soll ich, kann ich, darf ich …? Nein, das geht zu weit, nicht wenn Jette mit am Tisch sitzt. Während ich gedanklich abbremsend an den Zügel meines Entgegnungswunsches ziehe, kommt mir Benjamin zuvor:

»Was haben denn in deinen Augen dreijährige Leukämiepatienten im Leben so alles falsch gemacht? Und wo wir schon dabei sind: Was hat Luzie falsch gemacht? War die mit neun nicht achtsam genug?«

Stille. Ich schaue zu Benjamin, der allem Anschein nach genauso geschockt über das gerade von ihm Ausgesprochene ist wie alle anderen am Tisch. Jette sieht nachdenklich aus, blickt zu mir, dann zu Anja.

»Das wollte ich so nicht sagen, bei Kindern ist das was anderes.«

»Man haftet quasi erst ab achtzehn für seinen Körper?«

Das war ich jetzt. Es ging nicht anders. Wir kommen aus der Nummer heute sowieso nicht mehr raus.

»Es tut mir leid.« Jette steht auf.

»Anja, lass uns den beiden Kumpels noch ein wenig Nostalgiezeit schenken, vielleicht kann das den Abend noch retten. Benni, alles cool – du hast gesagt, was ich gedacht habe.«

Anja steht schweigend auf und geht mit Jette zur Garderobe. Sie sagen beide kein Wort, bis die Tür hinter ihnen ins Schloss fällt und ich mit Benjamin alleine bin. Ich hebe den Zeigefinger, während sich die Schritte im Treppenhaus langsam von uns entfernen. Die Haustür wird geöffnet und fällt einen Moment später ins Schloss. Ich senke meinen Zeigefinger wieder.

»Jetzt«, gebe ich den Ring frei.

»Was für eine bekloppte Eso-Tante war das denn?«

»Yep!«

Jette hatte vollkommen recht. Der Abend ist gerettet.

Kniebeugen im Mediamarkt

Ich schwärme mal wieder per Straßenbahn aus in Richtung Mediamarkt, diesmal alleine. Da das Sitzen vor meinem Computer mittlerweile zu anstrengend geworden ist, möchte ich einen Controller kaufen. Damit kann ich dann – so meine Theorie – auf dem Sofa sitzend Videospiele steuern, ein Hobby, das ich meinen chemobedingten körperlichen Einschränkungen noch nicht überlassen möchte.

Die Lage meiner Abwehrkräfte ist grad ausgezeichnet, nachdem ich mir mal wieder eine aufbauende Horrorspritze gesetzt habe. Ach, was heißt Horror. Ich habe mir das Ding einigermaßen cool in die Bauchfalte gedrückt. Allerdings fehlt mir immer noch die absolute *Pulp-Fiction*-Coolness, die Spritze mit einem beherzten Stich kurz und schmerzlos zu versenken. Ich traue mich einfach nicht. Und nehme immer noch den langsamen und zugegeben ein wenig piksigen Weg. Man kann eben nicht alles haben. Auch der Lymphoma Fucker hat seine Achillesferse. Das macht ihn menschlicher. Ob es gegen Ende meines Abenteuers einen Moment geben wird, an dem ich die Spritze nur schnell reinballern kann, da sie sonst nicht wirkt? Oder das personifizierte Böse hat Anni geraubt und ich kann sie nur retten, indem ich meine Dämonen bändige und beherzt und cool einsteche? Vor meinem inneren Auge versuche ich eine entsprechende Filmszene zu konstruieren, da muss ich auch schon aussteigen.

Diesmal ohne Mundschutz unterwegs, falle ich nicht auf und kann mich völlig normal durch die Technikgänge bewegen. Dann stehe ich vor einer Menge Controllern für Konsolen und PCs und sondiere das Angebot. In der untersten, bodennahen Regaletage liegt der offene Karton eines XBOX-360-Controllers für den PC. An der Ausstellungsstelle auf dem obersten Regalbrett dagegen eine Lücke. Anscheinend ein besonders beliebtes Modell. Ich gehe in die Knie, um den Controller aus seinem Karton und in die Hand zu nehmen, und richte mich sogleich wieder auf. Schlechte Idee.

Der Controller fällt mir aus der Hand und bleibt praktischerweise auf der obersten Regaletage in der Nähe seines vorgesehenen Platzes liegen. Ich greife mit beiden Händen panisch nach dem Regalbrett, da mir schwarz vor Augen wird.

»Ihr Kreislauf ist jetzt nicht mehr ganz auf der Höhe«, echot Frau Tenschert in meinem Kopf.

»Lassen Sie alles ein wenig langsamer angehen.«

Dazu gehört anscheinend auch aufstehen. Es zwingt mich blind wieder in Richtung Boden. Ich hocke nun vor dem Videospieleregal und halte mich weiter mit beiden Händen am obersten Regalbrett fest, um nicht hintenüber zu kippen. Das muss für die anderen Mediamarkt-Besucher einfach herrlich aussehen. Dann lichtet sich langsam das Dunkel und ich erkenne den offenen Karton vor meiner Nase. Gut, das ging dann ja. Kurz, aber heftig.

Ich stehe etwas langsamer als zuvor wieder auf, halte mich mit den Händen sicherheitshalber weiterhin am obersten Regalbrett fest. Zum Glück.

Hello darkness my old friend. Es drückt mich wieder zurück in die Dunkelheit, zurück zum Karton, in die tiefe Hocke. Fuck! Diesmal dauert es eine ganze Weile, bis sich das Dunkel lichtet und der Karton vor mir auftaucht. Ich schwitze stark, merke ich, der Schweiß tropft mir von der Stirn auf den Karton. Mein Shirt klebt feucht an meiner Brust, der Schweißfleck breitet sich behände in alle Himmelsrichtungen aus, in der nassen Hoffnung, mit meinem ebenfalls imposanten Achselschweißflecken zu verschmelzen. Ich sehe mich kurz um. Meine Regalgasse ist komplett leer. Ich habe es mal wieder geschafft, meine Mitmenschen schockiert zu vertreiben. Vielleicht hat es aber auch einfach noch niemand mitbekommen. Okay, diesmal gaaanz langsam und kontrolliert.

Ich richte mich in Zeitlupe auf und halte dabei immer noch das oberste Regalbrett in beiden Händen. Es geht, die zweite Reihe passiere ich souverän. Gleich bin ich oben, kann schon Teile des Controllers sehen.

Doch dann: Simon and Garfunkel again! Schnell zurück zum Karton in die sichere Hockstellung. Ich muss ein wenig lachen über meine sicherlich völlig bescheuert wirkenden Kniebeugen vor dem XBOX-Controller. Dann ein wenig mehr. So hocke ich kichernd in meiner Regalgasse, die Hände zum Himmel, in diesem Fall oberes Regalbrett. Und langsam beginne ich mich zu fragen, ob ich auf normale Art und Weise diesen Mediamarkt verlassen werde. Schlimm ist das alles nicht. Ich habe mein Handy in der Tasche, könnte Anni anrufen oder Benjamin. Oder jemanden um Hilfe bitten. Oder einfach aus dem Geschäft robben.

Was für eine lustige Vorstellung: Da robbe ich zur Kasse, einen Controller am Kabel hinter mir herziehend. Das Kabel habe ich natürlich zwischen den Zähnen. An der Kasse rolle ich mich einfach auf den Rücken und recke meine Geldkarte in Richtung der Kassiererin. Wie beim letzten Besuch hat sich hinter mir keine Schlange gebildet und die kartenentgegennehmende Dame (natürlich dieselbe wie bei meinem letzten Besuch) schüttelt nur den Kopf.

»Sie lassen sich aber auch immer wieder was Neues einfallen!«

»Man tut, was man kann!«, würde ich hinter dem Controller-Kabel nuscheln und dann weiter zur Straßenbahn kriechen. Und irgendwann wird mich mein Sohn einmal fragen:

»Papa, warum hat der Controller eigentlich so komische Abnutzungsstriemen. Ist der dir mal hingefallen?«

Und ich würde mir eine völlig absurde Geschichte einfallen lassen, um die Striemen zu erklären.

Ein letzter Versuch, dann bitte ich um Hilfe. Gaaanz langsam. Mittlerweile ist mein Shirt völlig nass, Teile des Kartons gut angefeuchtet. Ich erreiche nach einer schieren Unendlichkeit das oberste Regalbrett, dann einen aufrechten Stand. Die Sicht bleibt! Der Lymphoma Fucker triumphiert!

Ich habe genug Gleichgewicht, um endlich das auch schon ein wenig angefeuchtete Regalbrett loszulassen, und nehme den Controller in die Hand. Fühlt sich gut an, nicht zu leicht, ergonomisch, handschmeichelnd schon fast. Und teuer ist er auch, wie ich mit einem Blick auf das Preisschild sehe. Was soll's, her damit. Meine Ärztin hat schließlich gesagt, dass ich mir Gutes tun soll. Dieser Controller erscheint mir etwas sehr Gutes zu sein. Ich wickle das Kabel ein wenig auf (jetzt noch darüber zu stolpern und erstmal eine Viertelstunde wieder Kniebeugentheater ist keine Option) und gehe zur Kasse.

Da sitzt nun tatsächlich dieselbe Kassiererin wie bei meinem letzten Besuch. Sie erkennt mich auch ohne Mundschutz wieder, die nicht vorhandenen Haare sind da sicherlich recht verräterisch.

»Ich bräuchte dann noch den Karton zum Scannen.«

Niemals bücke ich mich nochmal nach dem Scheißkarton.

»Äh, ich bin heute etwas neben der Spur, könnten Sie den irgendwie holen lassen. Wenn ich mich bücke, wird mir schwarz vor Augen.«

Sie schaut mich an, erkennt meinen körperlichen Zustand, nickt und steht auf. Kurz darauf kommt sie mit dem teilweise schweißnassen Karton wieder zurück und blickt einmal messerscharf kombinierend zwischen der weichen Pappe und meinem komplett durchgeschwitzten Shirt hin und her. Ich bedanke mich und reiche ihr meine Geldkarte.

»Na, heute keine Ansteckungsgefahr?«

»Nein, aber schauen Sie sich doch mal die Überwachungskamera der letzten zwanzig Minuten im Videospielbereich an. Das dürfte Sie amüsieren.«

Sie schaut mich fragend an, ich versuche irgendwie geheimnisvoll zurückzublicken und setze mich für einen filmreifen Abgang in Richtung Ausgang in Bewegung.

»Moment! Ihre Karte!«

Irgendwie auch filmreif.

Serienjunkie

Ich bin im letzten Zyklus meiner Druckbetankung angekommen und muss nur noch warten. Warten, dass einmal mehr eine Menge Gift durch meinen Körper rauscht
und die letzten überlebenden der schlechten Comedians
in die ewigen Jagdgründe schickt. Und abwarten, wie doll
mich diese finale und intensivste Ladung Chemo wohl zer-
rocken mag. Aufgrund der Erfahrungen während meines
vorherigen Zyklus habe ich schon gleich einen Termin zur
wahrscheinlichen Bluttransfusion mit meiner Ärztin ausgemacht.

»Das wird jetzt nochmal anstrengend, aber danach geht
es nur noch bergauf. Keine Chemo mehr, dann sind Sie
wieder gesund.«

Na dann los, denke ich und rufe meinen Lieblingstaxifahrer für den Heimweg an.

Ich stehe vollgepumpt mit oranger Beutelchemie vor
dem Taxiparkplatz des Klinikums und freue mich wie
ein Schneekönig über den breitmachenden Effekt meiner
zwangsverordneten Drogen (die anderen Effekte sind ja
eher nicht so schön). Vollkommen gelöst schwebe ich da vor
mich hin, gefühlt hat mein Beuteljoint etwa tausend neue
Sinneskanäle in mir geöffnet und ich höre die Musik von
Maybeshewill in meinen Kopfhörern so voll und detailliert
und wunderschön wie selten zuvor. Die letzte Schlacht um

meinen Körper kann beginnen, denke ich und da kommt »Co-Conspirators« vom zweiten Album und erhebt mich in einen ekstatischen Optimismus der Chemozielgeradengefühle. Ich tanze ein wenig breit und beglückt vor mich hin, während mich der Song in neue Sphären des Hörvergnügens ballert. Ein Taxi hält direkt vor mir und jemand nasalt mir nahezu unverständlich entgegen:

»Na, Ihnen scheint es aber heute gut zu gehen!«

Recht hat er, mein Lieblingstaxifahrer. In meinem momentanen Zustand kann ich mir gar nicht vorstellen, dass die ganze Sache jetzt angeblich noch wahnsinnig anstrengend werden soll.

Es wird wahnsinnig anstrengend. Bereits am nächsten Morgen kann ich kaum frühstücken, da mich das Sitzen zu sehr anstrengt. Anni ist bei der Arbeit, so dass ich selbstständig versuche, mir ein Müsli zusammenzustellen. Das Ganze läuft in mehreren Etappen ab. Erst schaffe ich es, die Schüssel, einen Löffel, die Müslidose und die Milch aus dem Kühlschrank zu holen und auf den Tisch zu stellen, dann muss ich mich erst einmal wieder aufs Sofa legen. Im zweiten Anlauf schnipple ich eine Banane und einen Apfel in die Schüssel, dann sofort wieder Sofa. Müsli, Löffel und Milch kann ich danach in die Schüssel befördern, die Milch sogar wieder in den Kühlschrank bringen, dann bin ich wieder fix und fertig. Ich liege hungrig auf dem Sofa, starre auf das nun fertige Müsli auf dem Küchentisch und ärgere mich, dass man im Liegen nicht vernünftig essen kann. Das Frühstück muss ich tatsächlich unterbrechen, da ich mich nach der Hälfte wieder hinlegen muss.

Na toll, das können ja spannende Tage werden, denke ich, nachdem ich in drei Versuchen meine Zähne geputzt und meinen Mund mit diversen Schutzmaßnahmen gegen

Schleimhautversagen ausgespült habe. Bloß nicht nochmal die Mundflora über Bord gehen lassen, das war kein Spaß. Ich probiere zu lesen, komme aber nur drei Sätze weit, dann kann ich mich nicht mehr richtig konzentrieren. Videospiele sind leider auch keine brauchbare Option des Entertainments mehr für mich. Dank des neuen Peripheriegeräts namens XBOX-Controller kann ich mich zwar dafür hinlegen, die Interaktivität des Mediums überfordert mich jedoch total. Da erinnere ich mich an eine Serie, die mir Barbara bei einem unserer letzten alkoholfreien Bierexzesse ans Herz gelegt hat. *The L Word* soll eine überaus unterhaltsame US-Serie über lesbisches Lieben und Leiden in L.A. sein, die ich doch bitte endlich mal ansehen solle. Es herrsche von Barbaras Seite Gesprächsbedarf über diverse Figuren.

Warum also nicht eine Lesbenserie vom Sofa aus, das sollte ja gerade noch machbar sein. Ich schleppe mich ins Arbeitszimmer und kurz darauf den Laptop zu meinem gepolsterten Basislager. Halb sitzend, halb liegend suche ich nach *The L Word* und werde nach fünf Minuten fündig. Ich lege mich wieder komplett hin, arrangiere die Kissen so, dass ich vollkommen muskulär entspannt einen sinnvollen Blickwinkel auf den Bildschirm habe und starte die Pilotfolge. Fünfzig Minuten später bin ich komplett angefixt. Bewegungslos Serien anschauen scheint genau das Richtige für meinen aktuellen Zustand zu sein. Ich kann auch gar nicht wirklich beurteilen, ob das da gut oder schlecht ist, was ich gerade sehe. Es unterhält mich einfach so vor sich hin und ich bin weg, komplett drin, mein zerstörter und vor allem matter Körper vollkommen irrelevant für die Dauer einer Folge *L-Word*. Falls meine Lymphdrüsenkrebs-Episode mal verfilmt werden sollte, dann bitte auch mit diesem Titel.

Nach der vierten Folge mache ich mir in mehreren Etappen wieder etwas zu essen, diesmal praktischerweise Tiefkühlkost aus dem von Robert exakt für diesen Fall empfohlenen Gefrierschrank. Während das noch eisig dampfende Gericht in der Pfanne vor sich hin aufwärmt, liege ich, die *L-Word*-Titelmelodie summend, schon wieder auf dem Sofa und suche die nächste Folge. Und kurz beschleicht mich so etwas wie ein schlechtes Gewissen. Sollte ich nicht vielleicht etwas Sinnvolleres machen, als eine Folge nach der anderen wegzuglotzen? Aber was? Eben. Ich kann einfach nichts anderes machen und schließlich muss ich mich auch irgendwie von meinem ruinierten Körper und der letzten Giftrunde ablenken. Nein, diesmal ist es völlig in Ordnung, den ganzen Tag der Berieselung zu frönen.

Das Bami-Goreng-Tiefkühlgericht duftet fertig erwärmt in Richtung Sofa herüber und ich stehe kurz auf, würze ordentlich Chili nach, damit ich auch überhaupt etwas schmecke und sitz-lege mich mit meiner scharfen Schüssel wieder zurück in die *L-Word*-Welt. Ich starte Folge Nummer fünf und singe den Titelsong mit, während das Fertiggericht auf eine essbare Temperatur abkühlt. Das ist ein Leben, denke ich. Ärztlich verordnetes Nichtstun kann so schön sein.

Während der neunten Folge kommt Anni nach Hause und holt mich aus der Lesbenszene L.A.s wieder zurück in unser Wohnzimmer.

»Und, wie ging's mit der Schlappheit heute?«

»Ganz wunderbar, ich habe auf dem Sofa gelegen und Barbaras Serie geschaut.«

»Den ganzen Tag?«

Anni blickt auf die Schüssel, das Besteck und das Wasserglas auf dem Boden neben unserem Sofa. Dann wieder in meine viereckigen Augen.

»Den ganzen Tag – und es war großartig!«

Sie lächelt und resümiert pragmatisch:

»Na dann weißt du jetzt ja bestens Bescheid.«

Ohne dass ich viel erklären muss, durchschaut sie, wie gut mir diese von außen doch recht maßlos anmutende Beschäftigung tut.

»Willst du dich für eine Folge mit mir aufs Sofa legen?«

»Moment noch!«

Anni geht in die Küche und schmiert sich ein paar Abendbrote. Dann holt sie zwei Jever Fun aus dem Kühlschrank und setzt sich zu mir.

»Dann gib mir vorher mal eine kurze Einführung.«

»Also …«

Ich liebe sie, denke ich und erzähle von Jennys Abenteuern in der Großstadt.

Die Hochphase meiner Abgeschlagenheit dauert knappe drei Wochen. Knappe drei Wochen, die ich völlig zerschossen und schlapp auf dem Sofa herumliege und alle siebzig Folgen der sechs Staffeln *L Word* schaue. Und diesen haltlosen Konsum jeden Tag aufs Neue feiere. Mein körperlicher Zustand fällt mir kaum mehr auf, da ich einfach komplett abgetaucht bin und mit meinen *L-Word*-Mädels lebe, leide und liebe, was das Zeug hält. Für neunzehn Tage bin ich ein fauler und glücklicher Serienjunkie.

Tausend Nadeln

Wenn ich richtig mitgezählt habe, wird heute zum drei-
undsechzigsten Mal seit Beginn der Therapie eine Nadel in
meinen Arm gesteckt. Was mich ungefähr seit der Vierten
nicht mehr in Angst und Schrecken versetzt. Dabei gibt es
heute sogar mal wieder eine große Nadel, die auch etwas
in mich hineintransportieren soll. Die kommen sehr selten
dran, da die ganze Chemoscheiße über meinen Port läuft
und dafür wird die Nadel nicht in meinen Arm, sondern
in den praktischen Betankungsknubbel in meiner Brust
gesteckt. Heute bekomme ich mal wieder eine Dosis von
irgendeinem radioaktiven Zeugs, das meine Krebszellen
auf der CT-Aufnahme zum Leuchten bringen soll. Beziehungsweise: Was hoffentlich zeigt, dass nur noch ein
zerschrammter Leichenhaufen von meinen verhassten
schlechten Comedians übriggeblieben ist.

Seit ich klein war, habe ich immer eine nicht zu verleug-
nende Angst vor medizinischen Nadeln gehabt. Wenn in
Filmen (warum auch immer) explizit gezeigt wurde, wie
eine Nadel durch die Haut eines Armes sticht, habe ich
immer schnell die Augen geschlossen. Manchmal leider
zu spät. Ich konnte überhaupt nicht verstehen, dass meine
ehemalige Mitbewohnerin unserer Austausch-Medizin-
studentin aus Frankreich anbot, an ihrem Arm Blut ab-
nehmen zu üben. Ich habe mit Panik in den Augen ver-

neint, als Chloé mit fragendem Blick diesbezüglich zu mir kam.

Insofern hatte die ganze Geschichte durchaus einen guten Effekt auf meine Nadelphobie. Nach gefühlten hunderten Nadeln während meiner Diagnosezeit darf ich seit Beginn der Chemo jede Woche zwei Mal in die Kommandozentrale meiner Hausärztin und betuchten Kupplerin zur Blutkontrolle gehen. Ich kann hinschauen oder wegsehen, wenn es pikst, sitzen oder liegen, das macht mir überhaupt nichts mehr aus.

Heute sitze ich also in der Durchleuchtungsabteilung meiner Klinik und warte auf den zuständigen Arzt und meine periphere Venenverweilkanüle – so habe ich es auf einem Merkzettel bei meiner Hausärztin gelesen. Also die dicken Dinger, an die man Schläuche, Spritzen und anderes medizinisches Gedöns anschließen kann und mit denen ich mich immer ganz merkwürdig bewege, weil ich Angst habe, dass die ganze Konstruktion bei bestimmten Armbeugen ganz furchtbar weh tun könnte. Das habe ich noch nicht abstellen können. Der Anstich macht mir nichts mehr aus, aber das eigentlich völlig schmerzfreie Mit-Nadel-im-Arm-Rumsitzen lässt mich immer noch nicht kalt.

Während ich noch dasitze und darüber nachdenke, heute vielleicht mit ersten Armbeugeübungen meine letzten Überbleibsel der Nadelphobie niederzuringen, kommt der Arzt flotten Schrittes herein.

»Na, hoffentlich letzte Runde für Sie heute, was?«

Er ist um die fünfzig, untersetzt, trägt eine dicke Brille zu seinem schwarzgrauen Vollbart. Sein Kopf ist nur wenig behaarter als mein chemorasiertes Haupt. Er sieht nett aus. Nett, kompetent und erfahren. Ein Arzt, von dem ich mich heute gerne behandeln lassen möchte. Und er redet auch nett und vor allem humorvoll mit mir, das sagt mir immer zu.

»Dann stechen Sie mich mal an.«

Was nun folgt, habe ich bisher nur in Filmen gesehen oder in Büchern gelesen. Es ist unfassbar, wie dieser eben noch so nette Onkeltyp Doktor sich plötzlich entschließt, mich zu foltern.

Da er die Vene nicht beim ersten Versuch trifft, beginnt er zu schieben, zu pulen, zu piksen. Dabei murmelt er irgendwas in sich hinein, was wahrscheinlich sein Unbehagen mit der Situation ausdrücken soll. Je länger er mit der mir immer größer erscheinenden Nadel in meinem Arm herumpopelt, desto langsamer kommen mir seine hakeligen Bemühungen vor. Mit einem Mal läuft das Ganze in Zeitlupe ab, ich starre entsetzt auf sein Gefrickel IN meiner Armbeuge und fange plötzlich sehr stark zu schwitzen an. Irgendwann zieht der Doktor die Nadel heraus, ich höre ihn von ganz weit weg eine Entschuldigung murmeln, da versucht er sein Glück erneut an einer anderen Stelle. Und das ganze Desaster geht von vorne los. Ich starre und schwitze und auf einmal wird mein Sichtfeld von den Seiten aus langsam schwarz.

»Äh, könnten Sie wohl einen Moment Pause machen, mir geht's grad nicht so gut.«

Er sieht mich erstaunt durch dichten Nebel an, dann ist alles schwarz und ich merke noch, wie er meine Beine hochlegt. Mein Kopf fährt runter und startet neu.

Es sind wohl nur ein paar Minuten vergangen, der grausame Folterknecht sitzt wieder neben mir, diesmal auf der anderen Seite.

»Das tut mir leid. Ich weiß, dass das unangenehm ist.« Er wirkt ernsthaft zerknirscht.

»Und ich dachte, mich würde so was mittlerweile kaltlassen.«

»Ich müsste es jetzt nochmal versuchen – an Ihrem anderen Arm.«

Ich blicke auf meine linke Armbeuge und sehe nur ein sehr großes Stück festgetapte Mullbinde. Klar, ich habe ja noch einen zweiten Arm. Was er wohl macht, wenn sein Formtief weiter anhält? Warum denke ich über so was überhaupt nach?

In Gedanken sehe ich mich schon halb mumifiziert, an beiden Armen und Beinen wachsen mir Kleider aus Mullbinden und Verband. Wahrscheinlich muss er mir extra eine neue Hose und einen Pullover kommen lassen, da ich so gar nicht mehr in meine eigenen Klamotten passe. Woraufhin meine Ärztin, die ich auf dem Flur treffe, direkt denkt, ich wäre total aufgegangen, als Nebenwirkung von irgendeinem Chemomedikament. Besorgt übersieht sie auf dem Weg nach Hause eine Ampel und verursacht einen Autounfall. Im anderen Wagen sitzt Anni, die gerade von der Arbeit kommt, und bricht sich beide Arme. Wenn das also noch länger so weitergeht, muss ich meiner Freundin wochenlang den Hintern abwischen. Moment, der Mumienmeister sieht mich (wohl schon länger) fragend an.

»Lassen Sie's krachen.«

Ich klinge wesentlich entspannter, als ich mich fühle. Die Nadel. Mein Arm. Ich will wegsehen, kann aber nicht, muss ja wissen, wann der Piks kommt. Mir wird wahnsinnig schnell wahnsinnig warm und gleichzeitig bewusst, dass ich gerade um einiges panischer bin als vor meinem ersten Anstich. Das kann doch nicht wahr sein. War meine gesamte Langzeitperforation jetzt völlig umsonst? Hat der Doc jetzt wirklich mit einem Mal meine komplette Coolness zerpult? Scheiße, ist diese Nadel riesig. Ich sehe ja selbst keine einzige Vene, wie soll er die dann überhaupt finden?

Er sticht, trifft, klebt und fertig ist die Venenverweilkanüle. So einfach ist das. Er ist sichtlich erleichtert und steht auf.

»Sie bleiben am besten noch einen Moment hier sitzen, bis sich Ihr Kreislauf erholt hat. Schwester Stephanie holt Sie dann gleich ab.«

Ich nicke erschöpft, während er zügig den Raum verlässt. Eine Weile sitze ich noch benommen auf dem Stuhl herum und schwitze mein Hemd voll. Auf meiner Brust zeichnet sich bereits ein beeindruckendes Muster meiner Transpiration ab, das ich so eigentlich nur vom Joggen kenne.

Ich erinnere mich, dass ich vor vielen Jahren einmal Barbara veralberte, indem ich ihr glaubhaft machte, es sei sportwissenschaftlich erwiesen, dass die Form des Brustschweißflecks nach körperlicher Betätigung den aktuellen Fitnessgrad des Transpirierenden widerspiegele. Nicht nur das, nein: Es gäbe deshalb Sportbekleidungshersteller, die dieser Tatsache Rechnung tragende Oberteile entwickelt hätten. Eingewebt in die herkömmlichen Fitnessfäden seien dort mehr oder weniger Schweißlenkungsbahnen, die dafür sorgen, dass die Träger immer nur Flecken in maximaler Fitnessform anfeuchteten. Jeder könne also mit diesen Shirts maximal augenscheinlich fit schwitzen, ohne regelmäßig Sport machen zu müssen. In der heutigen Zeit seien diese Kleidungsstücke besonders bei der Partner- oder Außenwirkungssuche im Fitnessstudio sehr beliebt. Barbara glaubte den Blödsinn tatsächlich etwa drei Minuten lang, bis mich meine immer stärker zuckenden Mundwinkel der Lüge überführten.

Der Fleck auf meiner Brust sieht tatsächlich nicht sehr sportlich aus. Als hätte mich jemand auf den Boden gelegt und dann ein Glas Wasser über mir ausgekippt. Mein Port zeichnet sich durch die Befeuchtung unter dem klebrigen Stoff ab. Hätte ich doch jetzt ein Shirt, welches meinem Peiniger und den Schwestern vollkommene Fitness trotz des wochenlangen Rumliegens vor dem Laptop demonstrierte. Sie würden sich wohl alle zu Recht fragen: Wie kann das sein? Wie kann ein Patient am eskalierenden Ende einer doch ziemlich wuchtig zuschlagenden Chemotherapie diese unglaubliche Fitness ausstrahlen, vielmehr ausschwitzen. Vielleicht eine bisher nie aufgetretene Reaktion auf die ganze Chemiescheiße! Vielleicht bin ich so was wie der Spiderman der Krebspatienten!

Die Schwester kommt ins Zimmer und schaut etwas zu lange auf meinen stetig wachsenden Schweißfleck, dann schaltet sie auf professionell und bittet mich zum Auftanken.

Ein würdiger Abschluss

Als sich meine Zeit an der Universität dem Ende entgegen neigte, begann ich mir Gedanken zu machen, wie ich nach meiner letzten Prüfung angemessen den mentalen Schlussstrich ziehen sollte. Die Zeremonie der Zeugnisübergabe reizte mich wenig, ebenso ein gemeinsamer Exzess mit dem Abschlussjahrgang. Stilvoll und -sicher entschied ich mich für ein schlichtes Begrüßungskomitee in die Welt der Examinierten direkt nach Beendigung meiner letzten Prüfung im Sportinstitut.

Als ich im Siegestaumel der bewältigten Studien- und Prüfungszeit zum letzten Mal die Treppen ins Foyer des Instituts hinunterschritt, erwarteten mich die grinsende und ebenfalls examinierte beste Freundin Barbara, ein kaltes Bier und ein prachtvoller Joint. Vor den Toren unserer bisherigen Lernstätte teilten wir Freude, Konsumgüter und Rausch und schwebten bald über den Dingen der Abendsonne entgegen. Meine Zeit an der Universität schien gebührend gedeckelt. Es war ein guter Tag.

Ich sitze mit Anni meiner Ärztin Frau Tenschert gegenüber, die uns in Kurzform erzählt, was wir hören wollen: Sämtliche als schlechte Comedians personifizierte Krebszellen in meinem Körper sind tot. Der Held der Geschichte, Hodgkin-Veteran, a.k.a. *The Lymphoma Fucker* triumphiert. Frau Tenschert händigt mir ein paar Infoblättchen aus und erklärt, wann was bei welcher Nachsorge untersucht wird. Dann gratuliert sie mir sehr rasch und sachlich und verabschiedet uns in den mir mittlerweile absurd bekannten Krankenhausflur. Meine Treffen mit Frau Tenschert sind in der Regel nicht von überschwänglicher Anteilnahme geprägt, sonst wäre sie als Onkologin sicherlich schon längst depressiv. Ich war ja nun wirklich kein harter Fall, lebe ja nach Therapieende noch. Nichtsdestotrotz habe ich mir heute ein wenig mehr erwartet. Vielleicht geht ja gleich nochmal die Tür hinter uns auf und Frau Tenschert grinst heraus.

»Herr Fissenewert, da wäre noch was.«

Dann würde sie eine Konfettikanone über uns an die Krankenhausflurdecke feuern und aus einer Nische treten die Jungs von Maybeshewill hervor und stimmen eine Akustikversion von »He Films The Clouds Pt. 2« an. Beim Gesangsteil des Liedes sind dann plötzlich alle da: die Schwestern aus der Tagesklinik, meine Hausärztin, mein Taxifahrer, die Kassiererin aus dem Mediamarkt, Eltern und Freunde sowieso. Alle singen sie für mich – natürlich auch wahnsinnig textsicher und mehrstimmig schön. Zum finalen Ausbruch des Stücks tragen mich alle gemeinsam auf Händen aus dem Klinikum. Draußen Luftballons und Jubel der Passanten. Ein Flugzeugspruchband mit der Aufschrift »Lymphoma Fucker 4ever!«. Feuerwerk.

Das wäre natürlich schon schön gewesen. Aber die Tür zu Frau Tenscherts Zimmer bleibt geschlossen. Vielleicht wollte sie einfach nicht vor uns weinen.

Jetzt ist es also offiziell: Ich habe meine Krebserkrankung erfolgreich in die ewigen Jagdgründe geschickt. Mit Hilfe einer gefühlten Armee von Ärzten und Medikamenten. Vier Portionen frisches Fremdblut, sechs selbst injizierte

Spritzen für meine »Leukos« (der Tagesklinik-Slang für weiße Blutkörperchen), vierundzwanzig Beutel alles vernichtende chemische Keulen, sechsundfünfzig immer weniger aufregende Blutabnahmen, fünfhundertzweiundachtzig Tabletten jeder Form, Farbe und Größe und schier unzählige Untersuchungen so ziemlich aller Körperfunktionen liegen hinter mir.

»Warum führst du eigentlich eine Strichliste über deine Medikamente und Spritzen?«, hatte mich Anni gefragt, als ich begann über diese Dinge Buch zu führen.

»Damit ich danach auf eine sehr hohe Zahl gucken und sagen kann: Mann, waren das viele Tabletten!«

»Verstehe.«

Und sie verstand vollkommen, das wusste ich.

Ich kann nicht sagen, dass ich diesen Termin besonders nervös erwartet habe. Auf der einen Seite, da eine neunzigprozentige Heilungschance für mich gedanklich keinen Raum für einen schlechten Ausgang meines Feldzuges gelassen hat. Auf der anderen hat sich in mir über den Verlauf dieses absurden Ritts eine so tiefe Gelassenheit breitgemacht, dass einfach keine Aufregung am Tag des großen Chemofazits Platz gehabt hätte. Es scheint, als hätten Anni und meine Eltern wesentlich mehr gebangt und gehofft als ich.

Anni zieht meinen Kalender aus ihrer Tasche, klappt ihn auf und reicht mir einen Stift. Das hatte ich völlig vergessen. Dann schaut sie mich an und resümiert mit tiefer Stimme:

»Lymphoma Fucker … wins. Fatality.«

Das ist der Moment, in dem ich weiß, dass ich sie heiraten werde. Von »Flawless Victory« – um bei Mortal Kombat zu bleiben – kann aber keine Rede sein, ich habe schon gut einen auf die Mütze bekommen. Ob Anni sich diesen Satz wohl schon seit Monaten zurechtgelegt hat? Oder war das jetzt spontan. Mir war gar nicht klar, dass sie sich so gut mit Mortal Kombat auskennt. Warum kann sie das fehlerfrei zitieren?

Natürlich liest Anni problemlos diese Fragen aus meinem Gesicht ab und sagt einfach nur:

»Benni hat mich ein wenig beraten.«

Dann küsst sie mich auf die Wange und ich blicke auf die Liste meiner guten Vorsätze für dieses Jahr. Die Arbeit an Punkt zwei und drei wird jetzt erst beginnen (Halbmarathon laufen, hundert Liegestütze schaffen) – Punkt eins steht in rotem Filzstift fett darüber: »Schlechte Comedians umbringen«. Dahinter ein leeres Kästchen, ebenfalls in Rot. Ich hake mein Vorhaben ab, klappe den Kalender zu und stecke ihn mit dem Stift in meine Hosentasche. Ich habe die Speerspitzen der deutschen Dreckscomedy erfolgreich erledigt. Laut meiner Ärztin liegen deren Leichen noch an verschiedenen Stellen in mir herum, die Aufräumarbeiten durch meine weißen Blutkörperchen sind allerdings schon in vollem Gange, der letzte Chemozyklus liegt ja bereits zwei Wochen zurück.

Wir schreiten ein vorerst letztes Mal (erste Nachsorge in sechs Monaten, Termin schon ausgemacht) durch die mir so bekannten Flure. Auch ohne Maybeshewill und mehrstimmigen Gesang fühlt sich das gerade stimmungsvoll, episch, ja rundherum gut an. Ein vorerst letztes Mal trete ich durch die Türen des Klinikums und bin ein weiteres Mal heute verblüfft über all die Gedanken, die sich von mir geliebte Menschen so machen. Barbara hat sich anscheinend freigenommen und ist aus Berlin angereist. In ihrer Hand: drei Flaschen beschlagenes Bier sowie ein prachtvoller Joint. Sie grinst mich an und fällt mir um den Hals. Es ist ein guter Tag.

August 2011

Prolog: Was für eine Entdeckung

Das Varieté war ein voller Erfolg. Dreihundert Gäste haben sich unter unserer Regie zwei Stunden lang lautstark amüsiert, die Künstler waren zufrieden, wir vier Organisatoren haben alle keinen Nervenzusammenbruch erlitten – wir haben es geschafft!

Ich klappe mit Daniel die Bühnenteile zusammen, wir hören über die große Anlage eine musikalische Neuentdeckung meinerseits. Die Band heißt Maybeshewill. Britischer Post-Rock, so hat es eine Musikzeitschrift kurz und knapp betitelt und mich mit überschwänglichem Lob des mittlerweile dritten Albums zum Reinhören auf YouTube und damit zum sofortigen Kauf verführt. Diese also postrockenden Briten schönklingen aus den Hallenboxen und helfen uns in die perfekte und definitiv nötige Stimmung, leicht verkatert und vollkommen übermüdet, trotzdem immer noch euphorisiert vom gestrigen Abend, das Abbauen und Aufräumen irgendwie sinnvoll über die Bühne zu bringen.

Was für eine Band! Die Momente, in denen ich weiß, dass mich ein Lied, eine Band für Jahre, wenn nicht für den Rest meines Lebens begleiten, sind selten geworden. Als Jugendlicher sammelte ich solche Wow!-Momente nachträglich gefühlt wöchentlich. Mittlerweile eher jährlich. Maybeshewill haben definitiv das Zeug für eine langanhaltende Liebe. Irgendwas berührt mich besonders, vielleicht das Klavier. Das ist wirklich magisch.

Die aktuelle Platte beschallt uns in Abbau-Trance und wir heben ein weiteres Bühnenteil über unsere Köpfe und tragen es zum Anhänger vor der Halle. Komisch, denke ich, irgendwie bekomme ich schlecht Luft, wenn ich die Arme über dem Kopf habe. Als ob mir dann etwas auf meine Luftröhre drückt. Aber wir haben in den letzten Tagen so viel geschleppt, aufgebaut, prinzipiell schwere Sachen gehoben und getragen. Da ist es nicht auszuschließen, dass ich mir irgendwann irgendwo irgendwas gezerrt, gezurrt oder sonst wie nicht sinnvoll bewegt habe. Aber am Hals? Wir werden sehen, nach ein paar Tagen geht das bestimmt von alleine wieder weg. Nach all dem ganzen Varietétrubel steht mir der Sinn jetzt nach etwas Ruhe und Erholung. Und nach Maybeshewill! Ich denke, ich werde mir die beiden ersten Alben auch noch kaufen. Ungehört. Manchmal halten solche Impulsplattenkäufe die tollsten Überraschungen bereit. Ich bin gespannt, ob Maybeshewill meine Ruhe-nach-dem-Varieté-Sturm-Band wird. Die wilden Phasen so einer neuen Liebe sind ja in dieser ganz bestimmten Zeit der Neuentdeckung wie ein Tagebucheintrag. Mal sehen, was in meinem Kopf passiert, wenn ich in ein paar Jahren diese Band höre. Ich bin gespannt.

Autorenvita

Jens Fissenewert ist Jahrgang 1982 und schreibt seit seiner Kindheit gerne, aber bisher nicht für die Öffentlichkeit. «Schlechte Comedy» ist sein erstes Werk und basiert auf seinen Erfahrungen als junger Krebspatient.

Er arbeitet als selbständiger Zirkuspädagoge sowie als Medienpädagoge zum Thema Videospiele und ist Mitbegründer der »Werkstatt Mörlach« – einem Zirkus- und Bewegungszentrum im namensgebenden 100-Einwohner Dorf in der Nähe von Ansbach in Mittelfranken.